U0017530

安德魯·克萊門斯 ⑫

The Janitor's Boy

口香糖復仇計

文◎安德魯·克萊門斯　圖◎唐唐
譯◎陳雅茜

遠流出版公司

【推薦序】無貴賤的坦然與美好

臺北市家長成長協會理事長
林文虎

六百年，是一段多麼漫長的時間！一個需要努力六百年才能解決的問題是何等沉重？德國的技職教育發達，師徒制盛行，多數人歸功於德國社會能接受職業無貴賤的生命價值觀。但是根據研究，德國人卻是耗費了六百年的漫長時間，才建立起職業無貴賤的生命價值觀。由此也看出，不論在哪個地區，職業貴賤的刻板印象總是牢固的難以撼動！

當車子故障時，人們才會全心注目那個滿身油汙、在車上與車底爬來攀去的修車師傅。當馬桶不通時，人們會恨不得自己的通訊錄中就有那麼一個在汙水中打滾的朋友。但是車子沒壞、馬桶正常，那一身油汙、一身汗水味道的朋友有時卻教人退避三舍！儘管時代變了，教育進步了，人們也在學習平等看待各行各業與不同族群，但是，要打心底接受自己的至親擔任清潔員、技工、工友還是挺不容易！佛家稱這種考驗為「境界現前」，確實需要高深一點的生命價值認知才能做到！

這本書直接撞擊職業貴賤的最痛處：如果職業「不貴」的是自己的父母，而且是在同儕價值遠高過親子關係的青少年階段，被迫「曬」出了這層親子關係，這衝突的劇情張力將大得教人難以承受。《口香糖復仇計》不只選定這個題材，而且赤裸裸的寫出年輕兒子的難堪、憤怒與敵意。身為爸爸的人，閱讀這本書時，肯定要一邊揪著心、一邊鎖著眉頭，尤其是難堪的前半段故事；但是故事後半段的峰迴路轉卻能教人會心。雖然講的是親子關係，作者依然運用一貫的懸疑手法，以地底探險的緊張情節強迫讀者追著劇情一路讀下去。最後，當小主人翁的母親看著勾肩搭背進入家門的這對父子時，忍不住心想：「這個兒子，似乎不再那麼小，他長大了，也變壯了；這個生活在一起多年的丈夫、好朋友，似乎變年輕了，也不再那麼沉重。」這幾句話寫實了親子互動的極樂境界，每個家庭無疑都該常有這一幕！

如果親子互動需要教科書；如果生命價值需要教科書，不論是對父母、老師或是青澀的孩子而言，本書無庸置疑一定是重要的一本。這社會存在不少「傑克」與「傑克的父親」，但要成就書中這麼完美的結果，卻幾乎需要靠所有人們一起努力。如此，或許我們的社會不必等到六百年，就能實現「無貴賤」的坦然與美好。

親子好評推薦

（依來稿先後排序）

乍看書名，會以為即將進入一段勾心鬥角、爾虞我詐的故事情節中。沒想到後來我竟愛不釋手，一口氣讀完全文。作者讓傑克在經過一連串驚險、緊張、懸疑的復仇及探險中，因父親的體諒包容，由一個不成熟的小男孩轉變成小男人。讀完後，也著實提醒我：處理孩子的脫序行為，若只一味的壓抑、禁止，只會讓雪球愈滾愈大。只有適時加入愛的元素，讓孩子感到溫暖，才有可能解決問題。

——高雄市 諺諺媽

我覺得主角傑克好像很喜歡他爸爸，父子倆感情好像很好，像我就常和我爸吵架。但看完這本書我就不這樣想了，我會盡力不和我爸吵架，還有我想，我應該也能繼承我爸吧！

——新北市新埔國小四年級 何郡郡

安德魯・克萊門斯再次以活潑生動的筆法寫出一般家庭或校園經常遇到的問題，非常值得閱讀與省思。

——國立竹山高中一年級 Lucas

什麼是愛？愛又以哪些型態出現在每個生命中？

愛除了在主角傑克的家庭裡一代代傳下來，愛也在約翰、艾迪和盧叔叔之間，還在約翰和他高中時工友湯姆之間流傳。愛，這股溫暖的正向能量，在生命與生命之間不斷流動。

——南投縣 Lucas媽

書中內容反映出現代家庭成員欠缺溝通。父親應該是孩子成長過程的學習典範，不應該因職業性質對自己的角色產生懷疑，而喪失父親應有的責任。所以我也以此勉勵自己要扮演好父親的角色，誠實面對自己的職業，讓孩子多了解，多和孩子溝通，而且要信任孩子，如此方可幫助孩子建立心中的學習典範。

——南投縣 **Lucas爸**

看到最後，我想主角傑克應該會好好思考他的父親有多麼令他驕傲了！

——桃園縣山頂國小六年級 **倖昀**

很多時候，孩子對父母的第一印象是崇拜，似乎那是很自然的目標。然而，再小的孩子也會有成長的一天，他們會懂得害羞和彆扭，卻沒有更高的ＥＱ能消化這種情緒，總是要藉由別人來肯定自己。書裡面的傑克單純又淘氣，和很多消化不了情緒的孩子一樣，選擇傷害別人，甚至是自己，但書中家長的處理令人深感理智。他們在第一時間沒有責備，用冷處理替彼此的情緒降溫，在過程中要孩子自行彌補過錯，不插手，最後（也使我最欽佩的一招）分享自己的經驗，讓孩子明白他的人生要靠自己掌握、個人評價來自個人的作為。

讀完此書，好像自己也和孩子吵了一架又和好了。推薦給家裡有彆扭的青少年一起共讀喔！

——桃園縣 **倖昀媽**

一拿到《口香糖復仇計》，我和兒子都爭著搶先閱讀。書名實在吸引人，且一開始閱讀就停不下來，非要一口氣看完不可，當然，讀到最後一頁，我發現眼眶中充滿淚水……我只能說，安德魯・克萊門斯的小說真是太有魔力了，故事具有衝突性、懸疑性，使人充滿好奇心，忍不住一直看下去。

身為一個小學教師，每每閱讀克萊門斯的作品，總會為自己帶來許多教育工作上的省思，而這次，作者將主題著眼於家庭教育中的父子情結，也讓我更深入思考了為人家長的角色，及親子互動的關係。故事從一個五年級學生所布置的超級口香糖陷阱開始，沒想到最後受害者卻是自己……在被處罰的同時，他也開啟了校舍探險及認識父親之旅。至於故事結局為何，就要讀者自己去看看囉！

——臺北市南門國小教師　**羅雅萍**

讀完這個故事，讓我記起自己小時候也憧憬研究古生物的職涯，似乎是受到父親研究地質的背景所影響。雖然年紀漸長的我已轉移志向，但仍懷著「我要和父親一樣成為一個專業人士」、不放棄朝自己興趣前進的想法。

這本書讓我思考職業和想做的事之間的關係。我未來想當律師，但並不是因為頭銜和身分，而是想運用法律知識來幫助別人。就像故事中的父親，他用各種專業的知識來協助學校行政人員解決問題，即使他的身分只是工友，一樣受到許多人的尊敬。

——臺北市瑠公國中九年級　**適筠**

閱讀這本書，勾起我年少的記憶，時間也證明，我的同學間，不是書念得最好的人獲得最大的成就，反而是專注於自己想做的事情、發揮自己專長的人，在職業生涯上闖出自己的一片天。中年的我因重回校園而暫離職場，幾個月後發現，周圍的人記得的是你做過的事和做事的態度，而非你的頭銜。這本書推薦給那些仍有職業迷思的父母，以及那些仍懷疑父母親工作價值的青少年。

——臺北市　**適筠媽媽**

我自己就曾因為爸爸是老師，而被學校老師要求做其他事，而且感覺一定要比別人完美、優秀。看完這本書，我反過來想，對我來說，爸爸是老師也許讓我看到別人無法看到的風景；我也因此擁有別人沒有的完美私人家教。

更重要的是，我覺得父子之間的感情就像一條船，當能維持和好時，就能將船身穩住，繼續航行。

——臺北市義方國小五年級 **螳螂**

在《口香糖復仇計》中，讓我覺得值得探討的是，孩子是否一定要踏上父母職業的步伐？書中傑克的父親做了一個最佳示範。

以一個父母或教師的立場，這本書也非常適合和孩子討論一個更深入的問題，就是一份工作的本質。首先工作來自於「需要」，除了家庭經濟，工作也可能滿足了個人心理上的需求。書中具體的讓我們了解，工作如何讓約翰與戰場上的朋友重新站起來；其次，只要不是非法的職業，所有工作不但都具有「服務」的價值，而且都會累積一種特殊「專業」的技能。只要是努力工作的人，都是可敬的，就像約翰和他的父親一樣。

回到《口香糖復仇計》的中心主題上，如果孩子因為父母的職業而感到羞恥或困擾，身為父母怎麼辦？我想除了讓孩子更了解父母的工作外，父母也必須讓孩子感受到父母親對孩子的情感。所以更重要的是，我不在乎我孩子是否喜歡我是一位教師，但就像我孩子所言：「父子之間的感情就像一條船，當能維持和好時，就能將船身穩住，繼續航行。」

——臺北市 **萬仔子**

【推薦序】無貴賤的坦然與美好／林文虎……3
親子好評推薦……6
1 完美的犯罪……17
2 長大後的志願……25
3 失敗的「敗」……35
4 勝利的甜美滋味……47
5 校園正義……51
6 報到……61
7 口香糖巡邏員……73
8 懸而不決……79
9 男孩圈……89
10 謠言……97

11 芝麻開門……111
12 口香糖咀嚼學……121
13 居高臨下……129
14 回家的路上……141
15 發現……153
16 簾幕之後……161
17 單程車票……171
18 地下世界……179
19 走入光亮……191
20 二加二……205
21 恆久的是……215

1 完美的犯罪

傑克・藍金有個超靈敏的鼻子。每天一早上學時，他偶爾會停在校門口，深吸一口來自學校裡的氣息，然後立刻可以判斷出餐廳的午餐菜色，就連果凍是草莓或橘子口味都能分辨出來。他甚至還知道學校祕書有沒有擦香水，以及二樓的教師辦公室裡，是不是有一盒打開的甜甜圈放在桌上。

這個星期一早晨，傑克的鼻子更是維持高度警戒，因為他正在進行一項特別的「泡泡糖計畫」。過去一週的努力研究與思考，即將在今天付諸行動。

早在好幾天以前，傑克就已經展開計畫。他祕密調查了全校的課桌椅，找出黏在底下最令人討厭的口香糖膠。經過最初幾次的嗅聞測試之後，他甚至連看都不用看，就知道課桌椅底下是不是黏著口香糖。每一堂課，他都聞得到那玩意兒的味道，簡直像腦袋裡黏著口香糖一樣。不論在校車上、大廳裡，或是經過置物櫃、走進教室時，到處都聞得到口香糖的氣味。

最後，傑克選定了「波波絲」西瓜口味泡泡糖。這一定是全宇宙最難聞的口香糖，即使已經黏在課桌椅底下長達幾星期，那種噁心的甜膩氣味和鮮明的血紅色，還是會清清楚楚留在那裡。還有，不論是哪一種口味，波波絲絕對是你找得到最黏的口香糖。根據傑克的估計，它比「火箭砲」這一牌口香糖還要黏三倍以上！

傑克的口香糖犯罪計畫從今天第三節的體育課開始進入最後階段。沙傑老師要他們到戶外集合，在十月的冷風中進行短距離全速衝刺，好為下週的定時距離跑步做準備。下課之前，傑克的嘴裡已經塞了四片口香糖，全都嚼到黏得不能再黏為止。西瓜的氣味幾乎讓他昏過去。

他刻意繞了一大圈路，遠遠避開沙傑老師，然後趁著下堂課開始前的空檔走到置物櫃附近。他把嚼過的口香糖吐到一個裝三明治的封口袋裡，那是他從家裡帶來的。封口袋裡裝了兩、三大匙的清水，避免口香糖黏在塑膠袋上。

傑克把塑膠袋封好，塞進口袋，立刻又拿了兩片口香糖塞進嘴裡嚼了起來。

上自然課時，他又在嘴裡多塞了兩片口香糖，連同剛剛的兩片一起處理，並且打算午餐時再多嚼四片。他甚至在上數學課的時候解決了一片口香糖；能在蘭伯特老師的課堂上完成這件事，算是相當大的成就！

等到上音樂課時，傑克牛仔褲口袋裡的三明治塑膠袋內已經裝了十三塊嚼過的口香糖，全都暖呼呼的、又軟又黏。

星期一下午的音樂課是理想的犯罪現場。音樂教室呈階梯式，有四層，由後往前愈來愈低。每個人的座位並不固定，而且派克老師一向要求學生從前排坐起。為了確保自己能坐在最後一排，傑克等到上課鐘聲的回音消失才走進教室。他直接坐在傑德·艾利斯的後面，因為傑德有個綽號叫做「巨人傑德」，坐在他後面，可以輕輕鬆鬆完全避開派克老師的視線。

最後一排除了他之外，只坐了凱莉·盧米斯，與他相隔六個座位遠。凱莉也在躲老師，她拱著身體，埋頭在筆記本中想寫完作業。凱莉是傑克暗戀的對象，如果是平常，他一**定會**試著吸引她的注意，要寶逗她發笑。但今天並不是平常日。

教室的前面，派克老師正站在直立式鋼琴後一手彈奏著旋律，一手高舉在空中指揮。他努力吸引著這群騷動不安的五年級學生盡情高歌。

理論上，傑克應該要和其他人一起合唱。為了秋天的音樂會，他得學會一首新歌才行。這首歌裡唱著老鷹高飛、自由又快樂，和傑克此刻的心情完全不一樣。

他彎下身，把封口袋湊到嘴邊，然後把裡面的十三塊口香糖全部塞到嘴裡，做最後一次咀嚼，讓口香糖軟化。這團口香糖現在已經比一顆高爾夫球還大，差點把傑克噎死。他一邊做最後的準備，一邊盯著時鐘。

只差一分鐘就要下課了，派克老師揚聲高歌，他的頭像發瘋一樣快速上下擺動，敦促學生把嘴張得更大。當同學飆向高音、開口唱出「天空」兩個字時，傑克向前一傾，嘴裡那一大團口香糖順勢掉在他溼漉漉的手上。接著，他開始把口香糖黏在可收摺的桌面底下，一切都按照計畫進行。

他先把口香糖黏在桌子前方的外側邊角，然後用力拉向相反的角落；接著又把口香糖拉向另一個角落，並重複剛剛的動作，形成一個又大又黏的叉叉。傑克一而再、再而三把口香糖從外往中間拉，就好像一隻蜘蛛織著又黏又香的蜘蛛網一樣。

下課鐘響時，傑克站起身來，把最後一小團口香糖往下一拉，再朝著金屬椅座的中間一黏。一條軟趴趴的口香糖絲往上延伸，依然與桌子底下的口香糖塊相連。

這是完美的犯罪。

音樂教室後面充滿了人工西瓜香料的惡臭。至於椅子上的那塊口香糖？真是神來之筆呀！傑克露出微笑，和同學一起走向教室外的走廊。

接下來還有兩節課，所以今天一定會有人發現那個座位被弄得亂七八糟——就在這個下午。派克老師勢必得把這張桌子搬走，免得有人沾到這團髒東西；派克老師也一定會請**某人**在明天上課之前把它清理乾淨。

於是，當**某人**掃完教室、倒完垃圾、擦好黑板、清掉階梯上的灰塵並將走廊拖乾淨、把大門口的地毯清潔完畢之後，這位**某人**還得去找刮刀和溶劑，奮力把這張又黏又臭的桌子清理乾淨，才能夠在星期二的一早使用。這將會是一件苦差事，但**某人**就是必須把它完成。

傑克心底知道那個某人會是誰，幾乎所有人都叫他約翰，工友約翰。

全校所有同學當中，只有傑克不叫他約翰，而是用別的稱呼。

傑克叫他老爸。

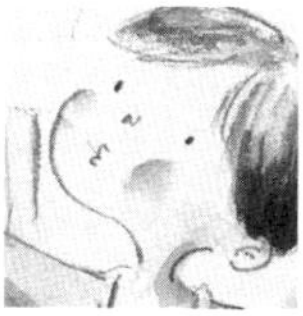

2 長大後的志願

平常，誰都料想不到傑克．藍金竟然會破壞課桌椅。但對傑克來說，這可不是平常的一年；對他的每一位同學來說也是如此。

由於漢庭頓小鎮持續發展，愈來愈多有小孩的家庭搬到這裡。這個小鎮就像在玩搶椅子的遊戲一樣，有太多的學生，卻沒有足夠的教室。

因此小鎮西側蓋了一棟全新的高中，九至十二年級的學生已經搬到那裡安頓好了。小學的建築結構還很好，但現在只夠容納幼稚園到三年級的孩子。

有問題的是介於中間的年級，而傑克剛好身在其中。舊的國中校舍足夠容納四年級和五年級，但是得先花十個月的時間完成整修；而六、七、八年級的學生會有一所閃閃發亮的新校舍，不過那大概是一年之後的事。

好啦，那現在傑克和其他七百個孩子要怎麼辦呢？還有他們的老師、教科書、電腦、印表機、影印機、電視、錄放影機、美術用品，外加圖書室。在這個學年當中，這些人和東西要塞去哪裡？

簡單！先搬到老高中去。

不簡單！一點也不簡單！

老高中很……嗯……很老。

這棟四層樓高的磚造建築在超過七十五年的歷史中，曾經是漢庭頓小鎮的重心之一。學校前方鋪著廣闊的草坪，一條寬大的人行道從中間將草坪一分為二，直通校門口的台階。台階上方有一座方形的鐘樓，樓高約十公尺，聳立在屋頂的輪廓線之上。鐘樓頂端罩著青銅製的圓形屋頂，圓頂上豎立了一只風向標，造型是一本打開的書。

在這所老高中成立之初，還沒有太多孩子有機會上大學，所以它是漢庭頓高等教育的紀念碑，曾有一代又一代的學生以進入漢庭頓高中為志向。

但傑克和其他中年級的學生並不這麼想。這裡對他們來說，不過是教育的中途站，就好比長途戶外教學一樣。這裡不過是他們前往其他地方之前必須停靠的一個奇怪世界。

打從知道學校即將搬動的那一秒開始，傑克就好希望自己有能力把這個地方變不見。

四年級那年的春假開始之前，漢庭頓小鎮的家家戶戶都收到一封信，裡面寫著學校將有變動的消息。傑克的媽媽在某一天的晚餐中大聲朗讀了信件的內容。

學校主管機關的某位人士幫這次的變動取了個代號，大概覺得這樣很有趣吧！信的開頭寫著：

親愛的同學：

你和家人、朋友已經準備好了嗎？歡迎加入漢庭頓小鎮最新的學習大冒險。新的一年將是

「大風吹」之年！

但傑克笑不出來。

唸完信之後，傑克的媽媽說：「這不是很刺激嗎，傑克？六月學校搬家時應該會很有趣。他們希望所有學生都能感到舒適，尤其是四年級和五年級的孩子……當然啦，這對你來說應該沒什麼問題。我的意思是，反正你爸爸就在那裡工作。」

傑克很快看了餐桌對面的爸爸一眼。「爸，你不必到新高中那裡工作嗎？我的意思是，你不是高中的工友嗎？」

約翰．藍金擦擦嘴，笑著說：「不，不是那樣運作的。我是屬於一**棟建築**的工友。整間高中和高中的學生會搬走，不過那棟建築會留下來，所以我也會留下來。沒有人像我那麼了解那棟建築。除非小鎮決定把它拆掉，否則我都會在那裡工作。」

傑克的媽媽說：「能夠在那麼古老的地方上課，我覺得很棒。

那裡可是很有格調的，你知道嗎？而且，小傑，你早上不想搭校車去學校的時候，還可以搭你爸的小貨車去學校呢！」

傑克低頭看著他盤子裡的一堆綠豌豆，心想：「是呀，說得對！說得好像我會跟工友一起坐車去上學似的。」

不管怎樣，他會確定自己每天都搭上校車。

傑克還記得二年級那年，第一次有人問他將來想做什麼。那是開學第一天，佩頓老師要大家自我介紹，認識彼此。傑克喜歡佩頓老師，她的香水味和奶奶的一樣，只是氣味淡了許多。老師公開採訪了每一位同學，問題五花八門，像是有沒有兄弟姊妹？有沒有寵物？最愛吃什麼東西？喜不喜歡運動？如果能夠到世界各地旅行，會選擇去哪裡？

最後，她一定會問一個問題：你長大之後想要做什麼？

大家的答案各式各樣，什麼都有。

「我要當警察。」

「我想當醫生。」

「我想要一個牧場，在裡面養牛、養雞。」

「我長大後想當律師。」

「我要做太空人，飛到木星去。」

「我想製造電腦。」

然後輪到傑克了。

最喜歡什麼顏色？藍色。

有兄弟姊妹嗎？有一個妹妹。

最愛吃的東西？披薩。

「你長大之後想做什麼呢，傑克？」

傑克毫不猶豫，帶著二年級生完美的信心笑著回答：「我想當工友，像我爸爸一樣。」

佩頓老師還來不及說些「那很棒呀，傑克」之類的話，班上已經有同學開始咯咯笑。接著，雷蒙．何利斯脫口說出：「工友？那是笨蛋做的工作！嘿，傑克長大之後想要做笨蛋，就像他的笨蛋老爸一樣！」

他的話引發全班哄堂大笑。佩頓老師要大家安靜下來，然後說：「雷蒙，這麼說很不好，你要向傑克道歉。工友是個很正派的好工作，我相信傑克一定很以他的爸爸為榮。」

沒錯，傑克**本來是**很以爸爸為榮，而且很愛爸爸，然而，同學的嘲笑比老師的任何話語還要有力。雷蒙站起來說：「對不起，傑克。」但傑克看得出來他不是真心道歉。

自從二年級那天之後，不論何時，只要有人聊到父母和工作，傑克都會緊緊閉上嘴巴。

但隨著五年級的到來，這個問題再也避不掉了。一整個夏天，傑克只要想到學校，就覺得自己陷在一場惡夢當中。

3 失敗的「敗」

升上五年級的第一天，傑克一直留意著爸爸的蹤跡，但只隔著人潮擁擠的餐廳看過他一次。他爸爸穿著平常的工作服，深綠色的長褲搭配同色襯衫，襯衫口袋上方縫著一小塊白布，白布上以紅色繡線繡著他的名字。當時，傑克的爸爸正好推著長柄寬掃帚，在餐廳的大門口清掃。他笑著對傑克揮手，傑克卻只微微點了一下頭，就把眼睛撇開。他很快吃完午餐，從走廊那邊的側門離開。

之後九月的每一天，傑克都會看見爸爸一次或兩次。通常他們兩人都很忙，總是急著趕往各自要去的地方，就好像他們生活在平行的宇宙；雖然經歷的是相同的時空，彼此卻沒有真正的交集。傑克覺得這樣的安排剛剛好。

然後就是那個星期一下午，十月五日，災難來襲。

當時傑克在上數學課，蘭伯特老師正在複習不同分母的分數要怎麼相加。坐在前排的雷尼．莊布爾和傑克相隔兩個座位，他的胃正和午餐吃的義大利餃起了衝突，結果義大利餃贏得勝利。雷尼還來不及發出警告，就把午餐吐在綠色油氈布地板上了。

蘭伯特老師立刻把雷尼送到保健室，並且叫瑞克．阿尼森去找工友來。

為了避開噁心的臭味，免得發生連環吐的骨牌效應，全班同學都擠到教室後面，站在打開的窗戶旁邊。傑克第一個衝過去，把整顆頭伸出最遠的窗戶外面。幸好空氣是由室外流向室內，這對他靈敏的鼻子來說是件好事。微風從小鎮的中心吹來，傑克聞到七條大街外的小餐館在炸薯條和煎漢堡的氣味。

站在窗邊的傑克微微轉身偷看門口。這棟建築的工友除了他爸爸之外，還有其他一、兩位，來的人不一定是約翰。瑞克可能會找到其他人，不一定是約翰。

但結果還是約翰。傑克的爸爸帶著水桶、拖把、一袋紅木屑、畚箕以及刷子出現在教室裡。傑克整個人縮了起來，很快躲到一群女生後面，並且轉身面向窗外。

班上其他同學都驚恐又好奇的觀察著工友。約翰先倒出幾杯木屑撒在嘔吐物上，把水分吸乾。一會兒之後，他把溼答答的木屑鏟到畚箕裡，直接拿到外面的走廊。接著他從腰帶上抽出一瓶噴霧器，往潮溼的地上噴了一些消毒水，再用乾淨的拖把將整塊區域拖過一遍。臭味完全消失了。

這時蘭伯特老師回來了，她在教室後面說：「多謝了，約翰。」

約翰・藍金點點頭回答：「小事一樁，例行公事而已。」

蘭伯特老師接著說：「好了，各位，回到自己的座位。表演結束了。」孩子們開始朝自己的座位移動。

工友約翰推著有輪子的水桶走向門口，他抬起頭，剛好看見傑克，於是露出大大的笑容。

然後他說了一句：「嗨！兒子！」

傑克咕噥著回應：「嗨！」接著低下頭，假裝在瀏覽筆記本。

那個星期一下午，當他爸爸走向教室外的走廊時，傑克感覺自己的額頭上好像烙印著一個大大的「敗」字——失敗的「敗」。

他坐下來，耳朵紅得發燙。

科克帶頭開砲了。

科克．朵夫曼就像是從雜誌裡走出來的活廣告，從頭到腳處處是名牌商標，全是最新款的衣服，而且貴得不得了。科克咧嘴笑著，傾身靠向走道對側的傑克，並用一種大到全班幾乎都聽得見的聲音說：「嘿，你老爸有沒有讓你玩過那支大掃把呀，小傑？喔，我忘了，你得要有特別的許可證才能使用那個玩意兒。他今天穿的那身制服真不錯，你老爸很適合穿綠色的尼龍布料。」

傑克已經很久不曾揍過任何人，現在卻有一個鋼鐵般的拳頭浮現在他的心中。他感覺得到那個拳頭打在科克柔軟的嘻皮笑臉上，接著他用全身的力氣壓過去，打落科克嘴唇後方的牙齒。

但想像來不及化為行動，蘭伯特老師已經站在兩個男孩之間。

她的雙眼閃爍著凌厲的光芒，說：「科克，下課後來找我。」

蘭伯特老師再度回到數學課上，所有事情似乎恢復了正常。

但其實沒有恢復，對傑克來說。

接下來的時間，傑克一直處在怒火之中，下顎因為緊咬著牙根而痛了起來。他看也不看蘭伯特老師，最後十五分鐘都在想像著報復科克的方式。他知道科克不會和他打架，因為自己那方面的表現還不差。「等他在置物櫃那裡落單，再看我怎麼料理他。」傑克想著：「我要拿他來擦地板！」但心裡一說完這句話，他立刻變得更生氣，氣自己怎麼連想到打架都選擇「擦地板」這種特別的說法。

下課鐘聲一響，傑克恨不得立刻飛離教室，但門口被一群聒噪的女生擋住，走廊上也擠滿了吃完午餐回來上課的七年級學生[1]。科克這時走向蘭伯特老師的桌邊，傑克則往門口移動，越過瑪拉，簡金斯和蘇・卓斯可的前面。他希望走得愈遠愈好，才能假裝沒聽見蘭伯特老師對科克說了些什麼。反正一定是責罵，說什麼要尊重他人之類的話。當傑克離門口還有三公尺的距離時，科克已經回到他的同黨路克・卡尼斯身邊。

科克有幾個愛趕流行的同黨，其中一個正是路克。他彷彿跟著科克逛遍美國的購物中心似的，對科克買了什麼、又怎麼搭配服飾瞭若指掌。長手長腳的路克長得又高又瘦，總是跟在科克身後一、兩步遠的地方，一副想要迎頭趕上、讓對方印象深刻的模樣。他開始和科克說話，還假裝傑克聽不見的樣子。

「嘿！科克，那團髒東西只有天才能夠清掉吧？真希望**我**能知

❶美國小學的午餐時段皆集中於餐廳用餐，但因用餐空間有限，故有些學校會採取各年級分時段進入餐廳用餐的方式。

道方法。」

科克回答：「哼，路克，你想都別想！那是天賦，知道嗎？你得先去特殊的工友大學選修一門『嘔吐物清理』課程，然後才有機會試試看。只有少數幾個特別的人能知道正確的做法，而且是父傳子呢。」科克暫停一下，然後帶著滿滿的嘲諷語氣說：「真希望**我的**老爸是個工友！」

「對啊，我也希望！」路克說。

傑克死盯著前面，雙唇緊閉。科克和路克表演完這套固定劇碼後，瑪拉和蘇咯咯笑出聲。就算蘭伯特老師聽見他們的對話，她也假裝沒聽到。

最後，傑克終於擠出走廊，他立刻往左衝向置物櫃。轉彎時，他忍不住回頭用充滿仇恨的眼神瞪著科克和路克。但這個回頭的時間選錯了。

約翰．藍金剛剛在五年級教室走廊旁的雜物櫃將拖把清理好，又在桶子裡重新裝滿水。當傑克生氣的跑過走廊轉角時，他爸爸正好從反方向推著有輪子的水桶過來。

這是石破天驚的一撞！水桶並沒有傾倒，但傑克衝擊的力道撞倒了拖把。只聽到「砰」的一聲，拖把從水桶裡掉出來，倒在地上。走廊上每個人都轉過頭來盯著他們看。傑克在溼滑的地板上滑了一跤，他的數學課本和報告紙滿天飛。最後他滑向置物櫃旁，停在一灘水裡。

走廊上所有的人都跟著科克和路克開始大笑、拍手。

約翰飛奔到兒子身邊。「你還好嗎，傑克？」他扶著傑克的手肘，想幫他站起來，但傑克甩開他的手，看也不看他爸爸一眼。他

丟下溼答答的作業單和散了一地的報告，巍巍顫顫的起身，然後抓起數學課本，繞過他的爸爸，直奔走廊盡頭。背後的笑聲漸漸的散去，融入幾百名學生在教室間來來往往的普通聲響當中。傑克扭開置物櫃，拿出社會課本，然後把門踢上，奔向樓下。

六分鐘之後，傑克獨自一人坐在美術教室工作檯邊的凳子上。他握緊雙拳，一次又一次搥打著面前的紅色黏土團。

他瞪著黏土，腦海裡一再重播受辱的畫面，心中有一團火嘶嘶作響的狂燒，根本不可能澆熄。

傑克的怒氣在心裡翻攪，直衝美術教室的天花板，受傷與羞辱讓他心裡燃起烈焰。

這把怒火迅速燒向老高中的走廊，燒向置物櫃裡面，再從樓梯延燒而下，一路燒毀了門窗和牆壁。

熊熊怒火來得又猛又急，需要一個發洩的目標。

科克？他是個討厭鬼，但還不值得他發動全面攻擊。

路克？那個白痴，甚至沒出現在他的雷達螢幕上。

傑克的怒氣就像一顆包藏著怨恨的致命導彈，正朝著終極目標射去，那才是問題的根本所在。最後，這顆導彈在工友約翰無辜的頭頂炸開，紅色的火熱碎片射向四方。

他心裡憤恨的怒火一朵又一朵朝他爸爸射去，就好像一塊又一塊細細嚼過的西瓜口味泡泡糖一樣。

4 勝利的甜美滋味

坐在英文課的教室裡，傑克的心不斷怦怦狂跳。他在回想剛剛的行動。

不過五分鐘之前，他才轟炸了敵軍。那是一次重大的攻擊，運用了最高級的口香糖攻勢。

沒有人知道他在音樂教室發動了戰役，也沒有人追蹤得到他的武器，而最後的成果，是沒有人會相信的髒亂程度。

唯一的遺憾是，傑克無法親眼目睹他爸爸看到那張桌子的表情。他想著：「如果能在現場，我就可以指著桌子說：『好了，工友約翰，把它清乾淨！』或者我應該說：『快呀，快展現一下你神奇的技術，愛乾淨的傢伙。反正你立志成為清潔先生，這是你的頭號粉絲送來的小禮物！』」

傑克面露微笑，沉浸在想像的喜悅裡。

「那麼，傑克？這叫做什麼？」

喔哦，進入戰鬥位置。穿著萊姆綠褲裝的卡蘿老師正從左前翼發動攻擊，大砲已經開火了。

傑克在椅子上坐直身體。他剛剛只用了一小塊腦袋在聽課，現在只能拚命搜尋那裡面的內容，努力回想老師最後所說的兩、三句話。好像是和語句的結構有關，是關於……突然間，電光一閃，他知道答案了，就好像按到重播鍵一樣。傑克擺出最甜美的笑容說：

「是介系詞，對嗎？」

卡蘿老師盯著傑克，朝他逼近了一點。她已經用眼角餘光觀察了三十秒，非常確定傑克．藍金剛剛根本在神遊。她最討厭學生上課不專心，這已經是她第五次想要抓住傑克的小辮子，但每次都失敗。她噘起嘴說：「對，across 是介系詞。」她瞇著眼，又向前逼近半步。傑克看著卡蘿老師，感覺她好像一隻正要吐出舌頭吃蒼蠅的綠色蜥蜴。卡蘿老師說：「好，現在用這個字造一個英文句子。」

傑克腦海裡立刻浮現出一句話：「The English teacher darted across the ceiling like a chameleon.（英文老師像隻變色龍一樣跑過天花板。）」然而從他嘴裡說出來的卻是：「The fisherman paddled his canoe across the lake.（漁夫划著小船越過湖面。）」

蜥蜴女士盯著傑克看了一、兩秒，她要傑克徹底明白，他差點成了一隻死翹翹的蒼蠅。

「對，」她說：「很好。」然後她轉身離開，尋找下一個新獵物。「潔西，剛剛傑克造的句子裡，哪個字是介系詞的受詞？」

這隻爬行動物偵察兵的正面攻擊當真有點可怕，要活下來可不容易。因此，雖然不怎麼愉快，傑克還是多撥出十分之一的心力，好好留意卡蘿老師的上課內容。

他看看時鐘，第八節課還有三十分鐘才會結束。傑克在心裡偷笑，又沉浸回自己的思緒。他一再重播自己的祕密勝利，尤其想到那張桌子像個甜膩膩的定時炸彈一樣擺在音樂教室的最後一排，更是讓他感到樂不可支。

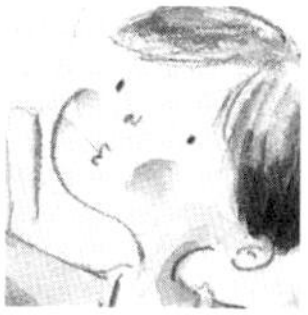

5 校園正義

第八節課一開始，派克老師就在音樂教室用對講機聯絡了辦公室，報告課桌椅遭人破壞的消息。奧克比先生丟下手邊的工作，趕上樓實地了解狀況。他喜歡偵察的工作，尤其是還沒被破壞的現場。這位副校長現在有案子可忙了。

奧克比先生搖著頭，和派克老師一起看著那張桌子。「戴夫，有任何嫌疑犯嗎？」他是為了禮貌才這麼問。由於派克老師平常總是一副沉浸在音樂世界中的怪模樣，奧克比先生心裡並不期待他能提供任何幫助。

「當然，」派克老師說：「全都清清楚楚的。」

奧克比先生揚起眉毛問：「真的嗎？」他和傑克一樣，並不知道優秀的合唱團指揮其實對每個細節都很注意。

派克老師點點頭，說：「清楚得就和教堂的鐘聲一樣。第七節的音樂課原本有五十六個孩子，但其中三個今天請假，所以總共來了五十三個。我要孩子們從前排開始坐起，前面四排有五十一個座位。上課鐘響時，我總是會看看有誰遲到。今天，凱莉．盧米斯和傑克．藍金差一點就遲到了，所以坐在最後一排的一定是他們兩個。我並不認為他們會做這種事，不過他們的確坐在最後面，這一點我很確定。」

奧克比先生對派克老師的看法大為改觀。回到辦公室後，他查看了凱莉和傑克的課表。

過了五分鐘，奧克比先生把凱莉從社會課教室叫到走廊上，很快的問了她一些問題。他可以判斷出凱莉是無辜的。

那麼，一定是傑克·藍金。

有人要受點教訓了，這樣他才能學會世界上沒有完美犯罪這回事，尤其是在學校。而且這個教訓不會讓他好過。

第八節課過了二十分鐘後，奧克比先生出現在傑克的英文教室門口。他說：「打擾一下了，卡蘿老師，我有事要找傑克·藍金談一談。」

傑克立刻就知道了。

他知道奧克比先生為什麼要找他談話。

傑克如墜五里霧中，從座位起身，走出安靜無聲的教室。他臉色刷白，感覺嘴裡好乾。

奧克比先生只看一眼，就知道自己逮到嫌犯了。他關上教室的門，往下瞪著傑克蒼白的臉；傑克根本不敢回看他。奧克比先生並沒有拉高分貝，只是說：「傑克，我要你去音樂教室，幫忙把一張摺疊桌搬到我的辦公室。」

傑克嚥了一口口水。他吞吞吐吐、虛弱而絕望的問：「哪一張桌子？」

奧克比先生眼光一閃，然後說：「伸出你的手。」

傑克把手舉到腰部的高度。奧克比先生說：「高一點，手心向上。」他低下頭，聞了聞傑克的左手，再聞聞右手。

是西瓜！

他指著傑克的右手說：「你去把那張沾有**這種**味道的桌子搬過

來給我。」

前往音樂教室的路好漫長，傑克真想衝下樓，衝出大門口，然後一直跑、一直跑。但他知道自己不能這麼做。

派克老師正在帶領七年級的合唱團排練，傑克一走進教室，原本看著樂譜的他立刻抬起頭來。他皺起眉頭，對傑克搖搖頭，但節拍一個也沒漏掉。傑克抬起桌子，笨拙的從教室後面走出去。

他一路搬著桌子走到奧克比先生的辦公室，心裡想像著各種可怕的畫面。等他抵達辦公室門口時，那張桌子已經變得似乎有一百多公斤重。

奧克比先生坐在辦公室窗邊的書櫃上等著。他用短胖的食指一指，要傑克把桌子放在他指定的位置，然後要傑克坐在椅子上。他走過去，抬起摺疊桌的一側，好讓兩人都能看到桌底下那一團可怕的髒亂。辦公室裡充斥著濃濃的口香糖香料味。

奧克比先生搖搖頭。「你看看！真令人不敢相信！你**到底**在想什麼？告訴我，傑克，你在想什麼？」

奧克比先生還來不及調出傑克的檔案資料，所以並不知道傑克是相當乖的學生，他從不曾在小學惹過真正的麻煩。

現在他只知道，眼前這個身穿藍色牛仔褲和黑色T恤的男孩花了不少心思破壞一張桌子。他不需要裝出生氣的樣子，因為不論是誰破壞學校的財物，他都會真的很生氣。

傑克直盯著奧克比先生的咖啡色領帶，努力不往後退。他聞得到奧克比先生身上有洗髮精、刮鬍泡和鬚後乳的氣味，還有，他午餐吃了芥末火腿三明治，現在嘴裡含著薄荷糖。

傑克很氣他爸爸，也很氣自己，對於事情一整個失控更是感到憤怒。他咬緊牙關，非常努力不讓淚水湧現在眼前。

奧克比先生問了傑克一個問題，而且他不喜歡等待，所以往前逼近一點，提高音量又問一次：「我要求你回答問題，年輕人。你看看那張桌子髒成那樣！你到底在想什麼？」

傑克看了那張桌子一眼，再看一下奧克比先生瞇著的眼睛，然後垂下視線繼續盯著奧克比先生醜陋的領帶。關於這個問題，他甚至對自己也無法完整的解釋清楚，但他不可能對眼前這個傢伙坦白吐露自己的心聲。

所以傑克這麼回答：「我不知道。我……我就那樣做了。」

奧克比先生彷彿不敢相信自己聽到的答案，他低下頭，朝著傑克的臉逼近，並且重複著他的話：「你『就那樣做了』嗎？嗯，年輕人，你知道嗎？那你就得把它**復原**！」

他轉身離開傑克，很快走向辦公桌，咚的一聲坐下。奧克比先生抓起鋼筆，開始在紙條本上寫著。寫完後，他撕下紙條，放入信封內封好，又寫了另一張。他說：「我會通知你的家長，也會在你的個人檔案裡留下紀錄。還有，從今天開始，你得取消放學後的計畫了。」

奧克比先生撕下第二張紙條，放入另一個信封內封好，然後站起身來走向傑克。他把第一個信封交給傑克說：「這個帶回去給你爸媽，請他們簽名，明天帶回來給我。」

然後他轉過身，用咖啡色的皮鞋鞋尖推了推那張桌子。「把這張受損的桌子搬到工友的工作室，就在男生體育教室旁邊的地下室。放好之後回去教室上課。」奧克比先生暫停了一下，交給傑克第二個信封。「放學後立刻去工作室報到，把**這個**信封交給管理員長，告訴他你自願在放學後參加校內口香糖巡邏工作，每天一小時，為期三週。好了，去吧！」

這就是校園正義，完全符合奧克比先生喜歡的方式，既迅速又確實。

傑克抬著那張散發著強烈氣味的桌子，穿過空盪盪的走廊，爬下樓梯，進入工友工作室，心裡祈禱著千萬不要有人在那裡——還好真的沒人。他把桌子放在工作室中央，跑回樓上。回到英文教室時，剛好下課鐘響。他抄下黑板上的作業，收拾課本，然後前往社會教室。

整個第九節課，他都在擔心與憂慮之中度過。他不知道爸爸會怎麼吼他，也不確定媽媽會不會罰他禁足。還有個人檔案上的紀錄，會不會讓他上不了高中的美式足球隊？他也很好奇奧克比先生知不知道那位「管理員長」其實就是他爸爸。

這樣被逮到實在很蠢，更糟的是，接下來整整三週，他都得擔任小工友。逃不掉了。就算學校裡有任何人還不知道工友約翰是他爸爸，這個祕密也藏不了多久。

當然，這一切混亂都要怪一個人。傑克咬緊牙關，緊閉雙唇，差點壓抑不住想吐的衝動。他想著：「這都得感謝你，老爸！」

6 報到

大家都說傑克長得和爸爸很像，他聽了很討厭。不過因為這種說法實在太常出現了，所以他想那是真的。當然，傑克知道自己和爸爸一樣有一頭接近中分的棕色直髮，以及一樣深陷的棕色眼睛；同樣粗濃的兩道眉毛幾乎連在一起。他長得比半數五年級學生高，所以他猜想自己最後的身高也會和爸爸一樣差不多一百八十公分。他的手臂已經長得和爸爸一樣強壯，肩膀也一樣寬闊。他就連正式的全名也和爸爸一樣：約翰・菲利浦・藍金二世。

不過父子兩人相似的地方還不只如此，傑克比他願意承認的還更像他爸爸。他們不僅有一樣強壯的下顎線條和直挺的鼻梁，有時就連微笑、走路和講話的方式也很相像。

而且傑克就像他爸爸一樣，大多數時候都很安靜，喜歡思考。他喜歡獨處，但也待人親切，常常面帶笑容。他並不害羞，只是講話比較謹慎。

總之，傑克大多表現得很穩重，除非你挑起他惡劣的一面。他不輕易發怒，就和他爸爸一樣，但兩人當中不論是誰發起脾氣，那就等著瞧吧！

放學後，傑克去找他爸爸報到，心裡已經有了最壞的打算。

他停在通往地下室工作室的金屬樓梯上。這個工作室與鍋爐室相連，每年最冷的幾個月，這裡總是很舒服。主要的鍋爐正在運作，爐子燃燒的轟轟聲把傑克腳下的樓梯震得微微顫抖。流過傑克身邊的空氣帶來不同的氣味，那是工作室的味道。空氣很溫暖，但並不是那麼令人舒服，至少今天不是。

傑克板起臉，擺出一付「誰在乎？」的模樣，然後深呼吸一口氣，走下樓梯。

走到一半時，傑克鬆了一口氣。這裡面空盪盪的，摺疊桌還擺在灰色水泥地板中央，和他先前放的位置一模一樣。午後幽微的陽光從遠處採光井的窗口灑進來，在地板上形成一塊小小的光斑。除此之外，唯一的光源來自他爸爸桌上的檯燈。

奧克比先生要他放學後到工作室，現在他來啦！「如果那位工友大人在別的地方忙，並不是我的錯。」傑克想著，然後走進工作室，在他爸爸的辦公桌前坐下。

他坐在老舊的旋轉椅上，踮著腳把椅子推向後面，再慢慢旋轉繞圈，然後看到桌子後方的牆上嵌了一個書架。他不記得以前看過這個書架。坐落在書架最上層的一排檔案夾吸引了他的注意，每個檔案夾都貼著清楚的標籤，像是配管紀錄、屋頂修繕時間表、地板保養、鍋爐維修、用品與設備、採購、警報與鐘聲系統、防火系統、電力系統……等十幾個項目。下層書架則塞滿了厚厚的商品目錄，有些比電話簿還厚上一倍。

其中一本目錄上標著「路易斯兄弟——電力設備」。傑克喜歡工具，對於製作和修理東西很有一套。七歲那年，爸爸買了一組工具箱送他當耶誕禮物，之後他漸漸擴充，在裡面添加了一件又一件工具，是真的那種，不是小孩子的玩意兒。

傑克起身想要抽出那本工具目錄。突然，工作室大放光明，一個響亮的聲音問：「你在找什麼嗎？」

傑克轉過身，嚇了一跳。那個男人正下樓到一半，他看到傑克的臉，立刻笑著說：「嗨！是小傑呀！看你長得多大了。從七月到現在，你至少長高五公分吧！難怪他們今年要把你送來高中。」

傑克微笑著回應：「嗨！盧叔叔。嗯……我有事找我爸。」

盧叔叔一邊笑，一邊走下樓梯。「我還以為是哪個學生要來你爸的圖書館借書呢！」

盧・卡斯威爾長得又高又瘦，肩膀微駝，理著一個小平頭。他常帶著太太到傑克家共享週日晚餐，夏天時也常去烤肉。盧在這所高中擔任工友的時間，幾乎和傑克的爸爸一樣久。

在傑克他爸爸的衣櫥上貼著一張對焦模糊的照片，上面有四個穿著軍服的年輕小伙子。傑克知道其中一個是他爸爸，而且相當確定盧叔叔也在其中。他從沒問過，但看起來就是那樣。

盧說：「如果你是在等你老爸，那可有得等了。他在三樓西側的科學實驗室修理換氣風扇的馬達，你最好上去那裡找他。」

傑克說：「不用了……沒關係，我可以等。」

盧搖搖頭，大拇指朝著樓梯的方向一指。「我不是開玩笑的，小傑。他可能還得忙上四十分鐘，所以快點收一收，現在就去三三六教室找他。快去吧，他會很高興見到你的。」

傑克只好往三樓去，奧克比先生的紙條壓得他透不過氣，感覺路途好遙遠。他手心冒汗、口乾舌燥，拖著重重的腳步上樓，就好像即將被送上絞刑台的罪犯。

只要跟著鼻子走，傑克就能找到目的地。其實早在午餐過後，他就一直聞到學校裡有股奇怪的電器味道。離三三六教室愈近，電線燒焦的刺鼻味就愈濃。他在門口探頭探腦，看到他爸爸正彎著腰檢查窗邊的換氣風扇，整隻左手完全伸進風扇內，好像在找什麼東西。換氣風扇的蓋子、線圈、螺絲、螺帽、老虎鉗、扳手、剪線器散落一地，就連最靠近窗邊的實驗桌上都擺了不少。

傑克深吸一口氣，走進教室說：「嘿！老爸。」

約翰．藍金轉過頭來，笑著說：「嘿！真是驚喜，而且你來得正好。」他站直身體，拿出塞在後口袋裡的手電筒。「我把一個螺帽掉在新的馬達後面，但我的手伸不進去，撿不到。我本來以為得走回去工作室拿磁鐵呢！來，我從這裡用手電筒照，你看看能不能伸手進去幫忙把螺帽撿出來。」

傑克心想：「他憑什麼以為我想要像他一樣把自己搞得全身油汙？」但他看了一眼通風設備的內部，彎下腰，伸手進去把螺帽撿了出來。「喏，這裡。」

「太好了！幫我省了不少時間。」約翰．藍金站起身，對他兒子露出笑容，遞給他一塊布擦手。這時，約翰才真正看了一眼他的兒子，而且立刻知道傑克並不是來跟他打招呼的。他放輕聲音問：「有什麼事嗎，傑克？」

傑克看著地板說：「爸，我……我闖了一點禍。」然後他把奧克比先生的紙條交給爸爸。

約翰拉出實驗桌下的一張椅子坐下，然後從襯衫口袋掏出老花眼鏡戴在鼻梁上。他撕開信封，打開紙條，開始閱讀。傑克看著爸爸的表情。

不過才讀了兩行，約翰．藍金就抬起頭來用銳利的眼神看著傑克，黑色的眉毛因為驚訝而揚了起來。「是你嗎？工作室那張亂七

八糟的桌子是你弄的嗎？」傑克面紅耳赤，一臉陰鬱的看著他爸爸的眼睛，然後點點頭。

他爸爸繼續讀著紙條，只花了十秒鐘就讀完了。他把紙條放回信封，再將信封擺在刮痕累累的黑色實驗桌上，然後把眼鏡取下來放回口袋。他轉過頭，看著窗外。一陣微風吹過，將落葉捲向足球場四周的圍欄邊。

約翰．藍金清了清喉嚨。「我實在不懂你為什麼要這麼做，兒子。」接下來是一陣長長的沉默，似乎是希望傑克給他一個解釋。但傑克沉默不語，於是約翰說：「不過我猜我們還有很多時間可以把事情弄清楚。」他輕敲著實驗桌上的信封，「根據信上說的，我們似乎有三個星期的時間。」

約翰站起來走向換氣風扇，從工具箱裡挑出一支扳手。他瞇眼讀著扳手的尺寸，然後轉身背對傑克，兩隻手再度探進通風口內。他說：「你知道工作室那裡、就在我辦公桌右側有一扇門嗎？」

傑克回答：「當然。」心裡卻想著：「什麼嘛，他以為我是笨蛋嗎？」

他老爸繼續說：「打開門走進去，在左邊架上找一找，會看到一罐寫著『去膠劑』的溶液，用它來對付剛黏上去的殘膠很有用。然後你會需要一捲紙巾、一些橡膠手套和硬刮刀，才能清除已經變硬的口香糖。找一個塑膠桶，把東西放在裡面，這樣比較容易帶著走。然後你還需要一個垃圾袋。桶子和垃圾袋放在右側門後。把摺疊桌清乾淨，搬回音樂教室，之後再去處理圖書室的桌椅。我會檢查你的工作成果，我相信奧克比先生也同樣會檢查。」

約翰轉過身，把扳手丟回工具箱。金屬撞擊的聲音讓傑克嚇了一跳。他爸爸說：「有沒有問題？」

「沒有。」

「那快點去吧！」

約翰・藍金轉身回去檢查故障的換氣風扇，傑克則轉身走回工作室，這是他今天第三度造訪那裡。

傑克大大鬆了一口氣，幾乎是一路滑下沒人的樓梯。他爸爸完全沒吼他，也許這是個好兆頭，代表他媽媽也不會罰他禁足。也許奧克比先生心情一好，還可能把他的刑期縮短成一週。

誰知道呢？也許這次的口香糖巡邏工作不會那麼糟。

然後傑克打了自己一下。「什麼嘛，我瘋了嗎？口香糖巡邏工作不會那麼糟？對啦！最好是！」

7 口香糖巡邏員

傑克回到工作室，找出需要的工具。摺疊桌正在等著他。

他把桌子翻倒在工作室的地板上，然後低下頭仔細檢查，用手指到處戳戳弄弄。先前的研究很正確，新鮮的波波絲西瓜口味泡泡糖果然很黏、很噁心。

傑克站起身來，咬著牙給了那張桌子一個飛踢。這**應該**是他老爸的工作呀！傑克被困在自己設的陷阱裡，但他不笨，他能夠深深體會這件事的諷刺意味。於是在大嘆一口氣之後，他把桌子底部轉向燈光，繼續工作。

一開始，他以刮刀發動攻勢，結果犯了大忌。因為口香糖還很新鮮、很黏，所以沾得到處都是，比原本的範圍還大。他花了五分鐘才把刮刀的刀面清乾淨，然而等到刀面清乾淨之後，他卻得用力甩手，才能把刮刀甩掉。刮刀鏗的一聲掉在地上，黑色的塑膠刀柄上沾滿了鮮紅的顏色。

傑克接著揉皺一張紙巾，試著用擦的。但紙巾被擦成了碎片，黏膠上多了一層黏答答的白色毛屑，就好像被吹到新鋪好柏油路面上的草屑。

最後，他試著拿兩張紙巾包住刮刀的刀鋒，然後將包著紙巾的刀鋒鑲進口香糖的邊緣，再利用紙巾把整團黏膠包起來，從桌上扯下。只是這樣一扯，被扯長的口香糖絲也跟著掉落在工作室的地板上，髒亂的面積變得愈來愈大。

一團團、一絲絲、一粒粒，傑克又刮、又扯、又擦，二十分鐘之後，只留下一團亂七八糟的汙痕。

該是拿出溶劑的時候了。傑克讀完去膠劑瓶身上的使用說明，然後倒了一些在紙巾上開始擦抹。就像變魔術一般，口香糖溶化了。紙巾上染著點點鮮紅，但擦拭過的地方留下一道乾淨的痕跡。傑克於是一吋吋的擦擦抹抹，最後終於把工作完成。

桌子再也不黏、不膩、不留一絲氣味，可是傑克還沒弄完。他的手心和手背也沾了口香糖，指間留有紙巾的碎屑，鞋子和鞋帶上則有細細的口香糖絲纏在上面，牛仔褲的膝蓋部位染到一些紅點，就連他的右眉毛也沾到一顆碗豆般大小的黏膠。

再仔細讀一遍去膠劑的標籤之後，傑克確定這種溶劑可以安全使用在自己身上。幾分鐘之後，他已經去除掉手部、鞋子和褲子上的黏膠，但瓶子標示著溶劑不可接觸到眼睛，傑克只好對著眉毛又捏又拔，這才去掉大部分的口香糖膠。雖然感覺起來還是怪怪的，但他照了照水槽上的鏡子，自己臉上只留有一點點的紅色。這樣已經夠好了。

傑克把黏答答的紙巾塞入樓梯旁的垃圾筒內，找到盧叔叔幫他打開音樂教室的門，再將清理乾淨的桌子搬進去。走回工作室的半途中，他停在置物櫃旁，拿出自己的背包和外套，最後跑回工作室把器材歸位。

已經三點二十五分了，今天長達一小時的口香糖巡邏工作正式結束。

傑克跑上工作室旁的樓梯，一路衝向走廊盡頭的後門，差點就錯過了最後一班校車。他把自己摔進吱吱作響的椅子，校車搖搖晃晃開出了停車場。傑克大口大口喘著氣，總算放下一顆心。

如果錯過這班校車，會造成另外的問題。那表示他至少得在學校再晃一個鐘頭，然後搭他爸爸的便車回家。那是他絕對不想做的事，尤其是今天。

如果搭他爸爸的便車回家，就得同時當著爸媽的面把奧克比先生的**另一張**紙條交出去。傑克相當確定，如果由他媽媽獨自一人先看紙條，事情會好辦得多。

至少，這是他心裡的希望。

8 懸而不決

藍金太太每天下午四點十五分會從公司回到家，所以傑克的時間很緊迫。一下校車，他立刻狂奔過半條街，衝進家門，把外套和背包掛在玄關的櫃子裡。他用鼻子嗅了一嗅，知道媽媽還沒回來，因為沒人開始準備晚餐。

傑克飛快跑進客廳，以最快的速度和妹妹交換條件。「聽著，露易絲，你不要跟媽媽說我今天這麼晚回來好嗎？也不要說我忘了打電話給傑納羅太太。你幫我保守祕密，我就給你一塊美金。」

通常傑克錯過校車時，應該要打電話給鄰居太太，請她幫忙照顧一下露易絲。

他妹妹眼睛直盯著電視螢幕，沒有轉頭。她問：「這件事值一塊半嗎？」露易絲現在三年級，她一向覺得爸媽對她下課後的生活太小題大作。但偶爾有人擔心她也是有好處的。

傑克咬牙切齒的說：「好，一塊半。」他沒時間討價還價，也無法承受任何爭執，現在不能。等在他眼前的，可是一場審判。

一分鐘之後，一輛休旅車駛進車道，走道旁的車庫裡響起車門關上的聲音。媽媽出現在廚房門口，一手提著巨大的包包，一手捧著超市的紙袋。傑克立刻跑下階梯去幫忙。

「謝啦，小傑。把冰淇淋放進冷凍庫好嗎？牛奶也要立刻放進冰箱。」他媽媽跟在他身後走上階梯，把外套掛在椅背上，然後立刻拿出一盒通心粉。「幫我燒一些水好嗎，小傑？拿那個深的湯鍋來煮。」

「嗯……晚餐吃起司通心粉嗎？」傑克一邊問，一邊在爐子下方的櫃子裡尋找鍋子。

他媽媽點點頭。「對呀！」然後笑著問：「你怎麼猜得到？」

傑克回她一個微笑。「我是天才呀。」

一切進展順利。幫點忙，要點幽默。

傑克了解所謂的時機。遇到這種狀況，時機最重要。現在正是認罪的最佳時刻，因為等這些一回到家的日常流程暫告一個段落，他媽媽就會問到那個可怕的問題：「今天在學校過得怎麼樣？」他得在這個問題出現之前先招認，才不會讓媽媽覺得自己有隱瞞的企圖。幫忙做家事可以加一分，表現幽默也可以加一分，誠實報告壞消息再加一分。能夠拿到愈多分數愈好。

藍金太太拿著裝有食譜的盒子坐在桌前，翻找著焗烤起司通心粉的食譜。傑克注意到了。坐下來很好，比較放鬆。

傑克很快的滑進媽媽身旁的椅子說：「媽，我今天在學校闖禍了。我把口香糖黏在桌子下面，被老師逮到。我知道自己錯了，也因此受到處罰。副校長要我把通知書拿給你和爸爸。」他把裝有通知書的信交給媽媽。

乾淨俐落。簡單的說明，徹底的認罪，再加一點悔過和簡短的解釋。傑克希望自己的開場白可以減輕奧克比先生那封通知書的衝擊力道。寫那封信只花了那位先生一分鐘的時間，這樣會把他寫得多糟呢？

露易絲就像是天生擁有戲劇雷達一樣，廚房裡正在上演的這齣戲，比電視上的任何節目好看得多。她悄悄移動到廚房門口，在媽媽正後方偷看角落裡的傑克。她扮了個鬼臉，豎起食指對著傑克搖一搖，像是在說：「壞壞，壞壞。」傑克瞪了她一眼，但她杵在那裡不動，臉上掛著賊賊的笑容。

藍金太太拆開信封，犯罪證據出現了，正是那張紙條。

傑克以為陪審團會給予他同情。他希望良好的表現能夠減輕他的刑責。

不過傑克太小看奧克比先生的寫作能力了。

藍金太太瀏覽著紙條，雙唇抿成一條線，眼睛也瞇了起來。

不妙！

然後她大聲讀出犯罪證據：

親愛的藍金先生與太太：

很遺憾必須提筆向您們報告令公子傑克的行為，他今天毀了一張桌子。上音樂課時，他刻意破壞公物，把一張摺疊桌的底部弄得一團髒亂。他使用了極為大量的口香糖，這樣的行為想必需要事前規劃。據我來看，這是一種憤怒的表現。我問他原因，他卻沒有回答。我會把這件事轉告輔導人員。

同時，在接下來的三週，傑克每天放學後必須留校一小時，協助管理員清除學校課桌椅的口香糖膠。

若有任何問題，請致電學校進一步討論。

漢庭頓中學副校長　羅納・奧克比　敬上

海倫・藍金並沒有大發雷霆。這需要一點控制力，但她很聽明，沒有生氣。這種事情不能生氣，生氣就錯了。

她之所以沒發火，是因為她了解奧克比先生並不知道的一些事，至少現在還不知道。她知道信中「管理員」的主管，正是傑克的爸爸，約翰．藍金。

她也了解自己的兒子。這次的驚人之舉並不是真的為了破壞公物，她知道傑克不會因為一時好玩而這麼做。

一定有其他原因。

海倫．藍金早料到會發生這種事，而現在，她的預料成真了。

媽媽大聲唸完信後，傑克看著她的臉，想從中找到一絲線索，但很難判斷。媽媽在生氣嗎？不大像。悲傷？是了，有些悲傷，可是還混合著許多傑克無法掌握的其他情緒。他不知道接下來會發生什麼事。

海倫・藍金輕聲的開口，但只說了：「我得和你爸爸談談這件事，傑克。回房去把作業寫完，等我叫你吃晚飯。」

露易絲從走道上消失了。

傑克說：「好，媽媽。」他把椅子往後推，站起身走出廚房，到玄關旁的櫃子裡拿出背包。

這種「去房裡等」的狀況以前也發生過。沒有決定，就像「懸而不決的陪審團」。他走上樓梯。

傑克經過露易絲的房間時，露易絲把門打開一道十五公分的縫隙，露出甜膩膩的笑容，並且攤開手心。

傑克想著：「好啦，我現在可是死到臨頭，她卻只想著那討厭的一塊五毛錢！」

不過露易絲的手上有一個東西。她眨著眼，朝著手心點點頭，輕聲說：「嗨！傑克，想來一片……**口香糖**嗎？」

她很快關上門，及時鎖住。

傑克把臉湊在門上，嘴裡擠出一句：「你完蛋了，小鬼！」

露易絲咯咯笑著說：「我想我應該要兩塊錢才對……好，現在先給我兩塊錢就夠了，但不要銅板，要全新的紙鈔。拜託囉。」

傑克踢了她房門底一腳，然後沿著走廊走向自己的窩。

男孩圈

傑克的媽媽自高中時代就認識她的丈夫，那時她還叫做海倫．帕克曼，正在念九年級，而約翰．藍金是十一年級，兩人都在漢庭頓高中上學。她曾在週五晚上的美式足球賽裡看他為漢庭頓先鋒隊傳球觸地得分；也看過他和他的啦啦隊長女朋友一起跳舞；還在週末時看過他在他爸爸的二手車賣場裡洗車。

海倫．帕克曼總是遠遠看著他。他們知道彼此的存在，但在那時候，他們從不曾真的變成朋友。約翰的家境小康，住在城裡較好的區塊，但海倫不是。事情就是那麼簡單。約翰．藍金是個黃金男孩，是當時「最可能有成就」的孩子之一。

然後到了一九六七年春天，離高中畢業只剩兩個月的時候，有一天，約翰．藍金突然消失，他加入了軍隊。這件事在漢庭頓高中引起不小的騷動，因為當時越戰打到一半，許多男孩被徵召入伍，不過沒有人會自願簽約當兵，更別說是步兵團，或是四年的兵役。約翰那年剛滿十八歲，已經申請到好的大學，可能根本不需要入伍。新聞報導每天都有來自戰地的殘酷畫面，要不是瘋了，誰會想要加入軍隊？

那是一個謎。為什麼約翰要離開？又是何時回來的？他最後怎麼會變成高中的工友呢？

海倫．藍金現在當然已經知道所有的原因和時間點，她現在已經了解一切；她也知道把時間拉長來看，她的丈夫注定要經歷這段生命。但她要怎麼讓一個十一歲大的孩子了解一切？

況且傑克是因為同學知道他爸爸是學校工友而感到羞恥，如果約翰知道了傑克面臨的困窘，一定也會感覺受傷；那她又該怎麼幫助自己的丈夫呢？

海倫・藍金是個堅強的人。她曾在當地的二專修課，之後在鎮公所擔任法務祕書，深受上司和同事器重。她把小孩照顧得很好，和丈夫一起打造一個美好的家。會讓她感到無助的只有一件事，就是介在丈夫與兒子之間。她對這種情緒有個特別的形容方式。

海倫・藍金迷失在「男孩圈」裡了。

六點十五分，約翰・藍金的小貨車駛進車道，家裡的每個人都聽見了。

對傑克來說，這代表另一半的陪審團已經進場。

對他妹妹來說，這代表更多好戲要上場，以及更多的間諜冒險遊戲。

對他媽媽來說，則是微妙的平衡工作即將展開。

海倫．藍金從洗碗槽上方窗口往外看。約翰並沒有立刻下車；當他終於下車時，卻一臉疲態。海倫到後門迎接約翰，給他一個擁抱和親吻。

約翰微笑著，和她拉開一個手臂長的距離。「我的乖女孩今天過得怎麼樣呀？」

海倫回他一個微笑說：「沒那麼好。我聽奧克比先生說，接下來三個星期你會有個新助手。」

她原本並不打算這麼快就提起這件事，但這似乎是最坦白的做法。假裝他們兩人並沒有在想這件事，沒有意義。

約翰跟著太太走上階梯，進入廚房。約翰說：「那是事實。傑克把他今天黏滿口香糖的桌子清乾淨了。他花了將近一個小時，不過清得很乾淨。當然，工作室被弄得亂七八糟，我根本不敢想像他的衣服會變成什麼樣子。從來沒見過那麼髒亂的狀況。」

約翰拉出一張椅子跨坐在上面，手肘靠在椅背上。海倫開始在水槽上削起胡蘿蔔。她問：「知道原因嗎？」

約翰從襯衫口袋抽出奧克比先生寫的紙條，放在椅背上輕敲著它。「嗯，副校長只說他破壞公物，不過我想還有其他原因，你不覺得嗎？而且，你知道嗎？今年夏天我一直在幫奧克比規劃學校搬遷的事，原本你還以為他應該猜得出傑克是我兒子，不過我認為那傢伙並不知道。」

海倫繼續削著胡蘿蔔，但她轉過身來，朝著桌子點點頭。「我確定他還不知道。那個……是他寫給父母的通知書。」海倫打開冰箱，拿出一顆萵苣。約翰打開信封裡的紙條，開始讀了起來。海倫瞄了一下他的表情。

她回到水槽旁，保持平穩的聲調問：「你覺得呢？奧克比先生說對了嗎？你認為傑克是不是在生氣？」

約翰．藍金沒有立刻回答。

海倫沒辦法確定接下來會發生什麼事。這是男孩圈。

約翰緩緩開口。「我是這麼想的。看得出來傑克是故意的，而且他知道桌子被弄髒一定會送到我的工作室。所以我猜傑克生氣的對象是我。已經有很長一段時間，他一副不想理我的樣子。在上個星期一之前，他在學校連一句話都沒跟我說過。」

然後約翰告訴海倫有關數學課時清理地板的事，還有他和兒子打招呼以及在走廊上相撞的事。

這個開場白太完美了。海倫說：「約翰，我想那件事讓傑克感到很困窘。我覺得謎團已經解開了。」

約翰緩緩說著：「我知道他覺得在走廊上跌倒很糗，但你的意思是，讓他感到困窘的原因是**我**，對不對？」

海倫點點頭。

廚房裡瀰漫著古怪的沉默。約翰說：「有道理。一臉帥氣的聰明男孩，卻有一個工友老爸。」

又是一陣沉默。

然後約翰說：「感謝奧克比，現在傑克也變成工友了。小工友約翰二世。他現在一定恨死我了。」

海倫轉身說：「沒事的。你知道傑克絕對不會恨你，約翰。」

約翰搖搖頭。「如果你看到他對那張桌子做了什麼，就不會這樣想了。」他聲音裡帶著一種苦澀，繼續說：「當然，傑克不可能停下想想自己這輩子從來沒有餓著肚子上床過；還有當他需要新鞋時，鞋子就會像變魔術一樣突然出現。我清掃別人弄亂的環境所賺來的錢，他可是用得很高興，不是嗎？」

約翰僵硬的站直身體，走向側面的窗邊。一會兒之後，他說：「生氣也沒有用。我只希望自己知道該怎麼做。」

海倫也同樣這麼希望。她說：「嗯，接下來三個星期，你們會有很多時間相處。我相信一定會沒事的。」

約翰．藍金希望她是對的。

10 謠言

傑克簡直不敢相信。

晚餐輕輕鬆鬆就過關了。沒有人大吼大叫，沒有人生悶氣。他爸爸似乎比平常沉默一點，不過就這樣而已。傑克同樣保持沉默。

他們聊著學校的作業和成績；媽媽宣布感恩節時，瑪麗阿姨和鮑伯叔叔會從第蒙開車過來拜訪。這都是一般晚餐時會閒聊的話題，由媽媽主導。

露易絲滿失望的，她一直期待看到火爆場面，像是人人爭得面紅耳赤、瘋狂咆哮。只要一次就好，她想看看火爆的家庭大戲，當然，目標必須是傑克。她叉起盤子裡的最後一塊通心粉吃掉，並且喝光杯子裡的牛奶，然後從餐桌告退。

上床時間到了，傑克心裡盤算了一下。

他沒有被禁足。

打電話的權利完整如初。

零用錢也完全沒事。

而且傑克相當確定，他甚至沒必要付錢叫露易絲閉嘴。

幾乎就像沒事發生一樣。

傑克原本以為會有一場嚴肅而冗長的床邊對話，可是也沒有發生。媽媽說，她相信傑克已經學到教訓，傑克回說他確實學到了。

媽媽親親他的額頭，幫他蓋好棉被，說了「祝你好夢」之後，就關上他的房門離開。

傑克聽到了爸爸走過走廊，打開露易絲的房門說：「晚安，甜心。」然後露易絲回答：「晚安，爹地。」

「真是完美的乖寶貝。」傑克嘀咕著。

接著，傑克聽見爸爸的腳步聲朝自己的房間走來，他想著：「喔，老天，來了。」他全身緊繃，立刻決定要假裝睡著。

腳步聲突然停住，然後再度響起，不過卻是轉身離去的聲音。傑克豎著耳朵傾聽，直到爸爸開始往樓下走去。

「真是太好了，」傑克大聲對自己說：「我才不需要掃帚大王來對我訓話。」

漫長的星期一終於結束了，但這只是表面。

私底下，傑克的這一天還沒完結。接下來他一直睜眼躺在那裡將近一個小時。

星期二就快來了。傑克看著鬧鐘，校車會在十小時又十二分鐘之後……不，是十一分鐘之後，準時抵達他家的巷口。

他得在星期二回到學校。

重返犯罪現場。

星期二的清晨如期到來，傑克坐在校車上，一路平安無事。這樣很好。他必須準時到校，才能擺脫爸媽已經簽好名的通知書，把它繳回給奧克比先生。

傑克並沒有先去置物櫃，而是直接前往辦公室。六年級的校車剛好駛來，停靠在主街的人行道邊。他故意選擇這個時間點，因為他知道奧克比先生一向會親自到校門口迎接校車。

他走向學校祕書的辦公桌說：「不好意思……奧克比先生說，我得把這封信交回給他。」

卡特太太從電腦螢幕前抬起頭來，眼光有點閃爍，她認出傑克了。「喔……對。是傑克．藍金吧。」傑克有點臉紅。

卡特太太看著他的臉，試著把她聽到的事和桌前這位有禮貌的年輕人連結在一起。他看起來完全不像會惹麻煩的樣子。「不過呢，」她想著：「外表是會騙人的。」

卡特太太伸出手。「奧克比先生現在不在。把信留給我吧，我會轉交給他的。」

傑克有禮貌的笑著把信交給對方，說聲謝謝然後離開。簡單。傑克通過了「通知書繳回測試」，還表現出色。

他並不是害怕再次見到奧克比先生，而是覺得那麼做並沒有好處。而且，他們鐵定會再見面的，不論那是何時，對傑克來說都不會太晚。

學校就像小村落，即使是平凡無奇的消息也會快速傳播。如果是牽涉到犯罪和懲罰這種精采有料的故事，更是容易傳得沸沸揚揚，在一小時之內就人盡皆知。

星期二早晨八點四十五分之前，有關口香糖人傑克的傳奇，已經在電光火石之間傳遍各地。

傑克最好的朋友名叫彼得·藍西。由於姓氏都是藍字開頭，打從幼稚園開始，他們幾乎每年都坐在一起。今年他們分在同一班，而且兩人的置物櫃就在隔壁。

傑克把金屬門打開的同時，發現彼得來了。彼得最近開始擦古龍水，所以傑克很容易判斷出他是否在附近。今天彼得也嚼了口香糖，傑克自言自語的說：「水果口味。」

他看也不看就打了招呼：「嗨，彼得。」

但沒有人回答。傑克轉過身，看到彼得站在一旁瞪著自己，嘴巴半開，口香糖黏在舌頭上。

彼得說：「你……你在這裡做什麼？」

「呃……我站在我的置物櫃旁邊啊，」傑克問：「這樣算答對了嗎？我有沒有得到大獎？」

彼得一臉嚴肅。「我以為你被退學了。」

「退學？」傑克說：「為什麼？」

「因為你在合唱課對派克先生罵髒話，還在奧克比先生的桌子黏滿口香糖。你是幫派克先生取了綽號，還是做了什麼？」

傑克問：「是誰跟你說的？」

「到處都在傳，」彼得說：「我在學校福利社排隊時聽到的。」

「嗯，那不是真的，」傑克說：「我只是在一張摺疊桌底下黏了一大堆口香糖，只黏一張桌子而已。我被逮到了，所以現在放學後都得留在學校清除口香糖。就這樣。」

彼得問：「沒有罵髒話？」

「沒有。」傑克回答。

「沒有和奧克比先生大吵？」

傑克搖搖頭。「沒有。是他對我大吼大叫，還寫了一封通知書給我爸媽，不過我連被禁足都沒有。」

事情的真相顯得相當無聊，彼得立刻就喪失興趣。他聳聳肩，開始輸入置物櫃的組合密碼，然後他說：「嘿，小聯盟的人這個星期六會去新高中的體育館。你要去嗎？」

傑克靠在置物櫃上聽彼得說話，不時發出「嗯嗯」的回應聲，並且在正確的時刻點頭，但他心裡想的，卻是傳得滿天飛的謠言。

然後，在彼得的閒聊聲之外，路克那裝模作樣的聲音出現了。路克說：「嘿，科克，看看是誰在這裡？是泡泡糖人耶！」

科克・朵夫曼的置物櫃在走廊的另一邊。他走了過來，路克跟在他身後。

科克說：「是呀，你說對了！的確是泡泡糖人，他可是廢渣工友的兒子呀！你好嗎？泡泡糖人？」

彼得一個箭步擋在傑克和科克之間，挺著肩膀，握緊拳頭。他冷笑一聲說：「嘿，傑克你看，那東西會說話耶！我想它叫做名牌人吧。快跑，名牌人，不然你那漂亮的黃夾克會搞髒的。」

彼得可不是在開玩笑，科克也知道。

「當然，」科克說：「沒問題啦，反正我們本來就要走了，對吧，路克？我們想去餐廳看工友收桌子。」

路克說：「對呀，他真的很有天分，你知道嗎？待會兒見囉。」

彼得和傑克盯著他們，直到他們消失在走廊盡頭的轉角。

「垃圾人！」彼得說。

「是呀，」傑克說：「一百分的混蛋。謝啦！彼得。」

聽了彼得告訴他的謠言，傑克不知道接下來這一整天還會發生什麼事。但教室裡一切平常，早上的課也一樣。傑克注意到偶爾會有同學好奇的看著他，不過既然他並不像謠言所說的那樣被退學，謠言也就不攻自破了。

午餐過後，傑克上樓時發現與他擦身而過的兩位七年級老師也用古怪的眼神看他。「原來，」他想：「老師也會八卦。」

放學後，傑克看到工作室器材櫃的門上貼了一張紙條，是他爸爸留給他的。

傑克：

今天先處理圖書室的桌椅。學校放學後，斯托利太太還經常在那裡，但如果沒見到她，可以去禮堂附近找盧叔叔；或是找阿尼，他會在二樓和三樓清掃。有需要的話也可以來找我，我會在四樓修理廁所。

爸爸　留

「廁所？」傑克想著：「好極了，我老爸正在開創他的廁所修理事業。」

傑克打開門，走進器材櫃。他先拿出一捲新紙巾。刮刀、去膠劑和橡皮手套還在他上次放置的地方。他今天打算用橡皮手套。然後他想起爸爸說過，可以把東西放在桶子裡帶著走。「何不試試看？」傑克想著：「反正他是個大專家。」

傑克轉過身，在另一半的架上尋找。那裡掛著溼的拖把頭、除塵氈、拖把擰乾器、各式把手、大罐的水蠟、兩加侖裝的阿摩尼亞，但就是沒有桶子。於是他把門整個打開，這才看到他需要的東西，有兩疊桶子，金屬和塑膠製的都有。

傑克往上看，發現有個灰色木櫃掛在牆上，先前應該是被半開的門擋住了。那個木櫃很薄，比一般家裡的醫藥櫃還要扁，大約只突出牆壁五公分而已。櫃子的寬度大約有八、九十公分，兩側各安裝了一個鉸鏈，可以從櫃子中間把門打開。但門關著，上面有個扣子，扣子上掛著掛鎖。

掛鎖並不是常見的樣式，看起來很古老，圓形的，像是用純銅打造。鎖上打著鉚釘，側面的鑰匙孔外遮著一個小擋片。傑克推開器材櫃的門，讓光線照在那個掛鎖上。

他往前靠近一步，想要看個清楚，這時卻發現一件有趣的事。

那個古老的銅鎖並沒有真的扣起來。

11 芝麻開門

一個打開的鎖，對某些人來說可能是誘惑，對傑克來說卻比較像是一種邀請。他並沒有想要破解保險箱或搶劫銀行的心情，只不過單純對那個鎖產生了興趣，在一開始的時候。

傑克拉一下銅鎖，彎曲的鉤環轉了開來。他把鉤環從扣子上解下，然後就著光線仔細看著那個鎖。

銅鎖拿在手裡沉甸甸的，有點冰涼，像個藝術品。傑克把它翻過來，看到鎖的背面蝕刻著一串文字：「冠軍製鎖公司」；公司名稱下面還有專利日期：一八九八！好有想像空間呀！

傑克回到木櫃旁，準備把掛鎖掛回去，恢復成原本的模樣。這時他腦中閃過一個念頭，於是他打開木櫃的門扣，左右同時一拉。

一陣輕柔的叮噹聲響起，木櫃的門開了。裡面的景像讓傑克目瞪口呆。

鑰匙。

從左側木門的左上方到右側木門的右下方，全都掛滿了鑰匙。

一排、一排又一排的鑰匙。

傑克發現的是鑰匙的保險箱，那是每一棟大型建築裡幾乎都會有的鑰匙櫃。木櫃裡釘著長排的釘子，釘子與釘子之間保持適當的距離，掛在上面的鑰匙從上到下、從左到右都不會彼此相碰。釘子的角度微微向上，即使櫃門開開關關，也能確保鑰匙不會掉下來。

每根釘子至少掛著一支鑰匙，有些甚至掛著十支、十二支，銅色、銀色，小小一疊。每疊鑰匙上方貼著圓形的識別小標籤。

傑克瀏覽著一疊又一疊的鑰匙，讀著上面的標籤：二二七室、二二八室……，還有男生置物室、美術用品櫃、餐廳冷凍庫、主辦公室。

這所老高中裡的每間教室、每個櫃子、每間廁所、辦公室，還有桌子、櫥櫃、儲藏櫃各有一個鎖，而一個鎖就有一支鑰匙。現在，所有鑰匙都集合在這裡，彷彿正盯著傑克的臉看。

傑克的心思團團轉，還好他個性不錯，並沒有開始想像真正的犯罪行動。要那樣做真是太容易了。

傑克意識到這點，感覺有點不自在。

但就在他即將闔上木門之前，他突然想到：「嘿，等等，我現在就像一名工友不是嗎？而工友可以取用任何他想要的鑰匙。就當做是奧克比先生和親愛的老爸送給我的小禮物好了。」

傑克向前一步，再次看著那些標籤。右下角附近有兩疊並排的鑰匙，一疊上面標著「鐘樓」，另一疊標著「蒸汽隧道」。

看著這些標籤的傑克並不想趁機偷東西或偷看老師教科書裡的解答，也不想破壞校長的電腦或攪亂學校的報時敲鐘系統。

這些特別的鑰匙之所以深具吸引力，是因為它們擁有更強大的力量。

它們代表冒險。

「鐘樓」，一點也不神祕。這所高中的鐘樓主宰著整個漢庭頓的小小天際線。要找到它很容易，只要不斷往上爬就可以了。

但「蒸汽隧道」呢？那就不同了，是一個謎。

傑克心想：「蒸汽隧道到底是什麼東西？我要去哪裡找呢？如果找得到，又會通向哪裡？」

傑克突然對任何聲響都敏感了起來，他小心翼翼把掛鎖鉤在自己牛仔褲的皮帶環扣上，然後兩手並用，將鐘樓那一整疊鑰匙從釘子上取下。總共有七支鑰匙，每一支都印著相同的號碼：五〇一。傑克從那疊鑰匙的最後面取下一支，把其他六支掛回木櫃，然後很快重複相同的動作，取下蒸汽隧道的第五支鑰匙，把剩餘的四支掛好。蒸汽隧道那支鑰匙上面的號碼是七三。

傑克拿著兩支鑰匙，稍微後退一點觀察木櫃。光憑眼睛一看，沒有人會知道裡面少了兩支鑰匙，就像是海灘被借走了兩顆卵石一樣。「只是借一下，」傑克自言自語：「不是偷。」

有腳步聲。

就在金屬樓梯上。

有人要下來工作室了。

傑克把鑰匙塞進牛仔褲前面的口袋，很快關起木櫃，試著不發出一丁點聲響。他從腰間拔出掛鎖，掛回原來的位置，讓鎖扣幾乎密合，就像原來的模樣。

然後他從器材櫃裡拿起一個塑膠桶，故意把金屬提桶撞得砰砰響，並且大力的把去膠劑和刮刀丟入桶子裡製造出噪音。抓起紙巾和手套之後，他退出器材櫃的門外。這時，阿尼剛好走下樓梯。

「嗨，阿尼。」他面帶微笑的說，心裡仍然撲通亂跳。

「嗨，傑克，已經有人跟我預告過會在這附近見到你。被小小的活動卡住啦，對吧？」

阿尼很愛開別人玩笑，自己也很容易發笑。他是個大塊頭，一頭紅髮，滿臉雀斑。在樓梯這樣爬上爬下，讓他的臉紅得像他的頭髮一樣。大笑之後，他的臉變得更紅了，和工作服的綠色領口形成強烈對比。

傑克也笑了，主要是因為鬆了一口氣。幸好下來工作室的人不是他爸爸，否則可能會注意到他的不自在。傑克對說謊不大在行，像這樣故作鎮定走向樓梯，讓他覺得自己好像在說謊。

「說得好，阿尼。我的確被卡住了。嗯，我得去工作了，待會兒見。」

傑克兩步併作一步爬上樓梯，這時阿尼又說話了：「哈，準備來點**雙重享受**嗎，小傑？」不過傑克已經爬上樓梯，走向走廊。工作室裡只剩阿尼一個人在哈哈大笑。

傑克爬上二樓，走向圖書室，心思完全沒放在口香糖上。

他左手搖晃著裝有器材的桶子，右手伸入口袋，裡面有編號五○一和七三的鑰匙。

他不是泡泡糖人傑克。

也不是工友的兒子傑克。

而是探險家傑克。

今天，去鐘樓；明天……誰知道呢？

12 口香糖咀嚼學

在圖書室工作一小時，讓傑克學到好多。下午兩點三十五分，他敲敲斯托利太太的門，斯托利太太正在玻璃牆後的辦公空間裡忙得團團轉。她面帶笑容，把門打開，一看到傑克的臉立刻就說：「你一定是約翰的兒子。這句話你大概聽多了吧！」

傑克點點頭。「是的，夫人，大家常這麼說。我叫做傑克……嗯……我要來清除桌椅下面的口香糖。」

這位圖書管理員臉色一沉，搖著頭說：「同學們把那東西黏得到處都是，真的讓我傷透了腦筋。」然後，她再次對傑克露出笑臉說：「嗯，你真乖，願意來幫爸爸的忙。當初如果不是你爸爸伸出援手，我鐵定來不及在開學前把圖書室準備好。但現在我還是有一堆工作忙不完，不騙你！」

斯托利太太誤會了，但傑克沒有糾正她，也沒有把自己來這裡工作的真正原因告訴她。他只是點點頭說：「嗯……我去忙了。」

這所高中的圖書室擁有很大的空間，中間的位置擺著兩排大木桌，總共有十四張。借還書櫃檯的左側是老式的索引卡櫃，底下用巨大的鑄鐵櫃腳撐著，上面擺了三台電腦螢幕。螢幕上一片黑暗，只有小小的游標在閃爍。

最靠近借還書櫃檯的前兩張桌子把傑克給騙了。他想：「這個工作輕鬆得很。」前兩張桌子下面都只有六、七塊口香糖，而且大部分都不黏了。傑克甚至不必把桌子傾倒，只需要彎腰把刮刀伸進去，就連去膠劑也只用了兩、三次。

但愈往圖書室後面去，口香糖的份量愈是突飛猛進的增加。「離圖書管理員愈遠」等於「愈能夠安心的咀嚼口香糖」，也等於「愈多的口香糖膠」。

清除到第七或第八張桌子時，傑克刮除的口香糖已經累積超過一公分的厚度。他感覺自己好像挖掘古物的考古學家，正在考察消失的文明留下的遺跡——明尼蘇達州的傑克與口香糖膠古廟。

他開始計算口香糖黏了幾層，就像計算樹幹上的年輪一樣。他發現薄荷口香糖和綠薄荷口香糖的顏色有著微妙的差異，也注意到口香糖和泡泡糖的氣味與質地大為不同。

傑克觀察這些年累積下來的口香糖膠，發現色彩非常繽紛，有深深淺淺的藍以及至少十五種以上的粉紅，還有各式深紅、明亮的土耳其藍、淺淺的湖水色、鮮豔的橘、刺眼的黃，以及散布在光譜上超過十種色澤的柔和的綠。

有些口香糖黏成的形狀讓傑克飄移的心思聯想到其他影像，像是夏日午後的積雲。有一個形狀讓他想起了奶奶的臉，他還看到車子、房子、鳥，以及大象。

斯托利太太打斷了傑克的幻想。她已經穿上外套，戴好帽子，正看著傑克用來裝口香糖膠的塑膠桶。她說：「我的老天爺，我從來不知道這裡被黏了這麼多口香糖，而且你還只清了一半多的桌子而已！」傑克一聽，心底暗自呻吟。「好吧，我先走了，傑克。離開時請記得把門關上。」

傑克抬頭看看時鐘，他還剩下十五分鐘。

他改用研究科學的心情回頭專心工作。他注意到每張椅子上方的桌面底下都有兩個彼此重疊、近似半圓的形狀，是用口香糖黏出來的。四張桌子，八個半圓。道理很簡單，一個半圓是用右手黏口香糖黏出來的，另一個則是用左手。

每個半圓的半徑大約等於小朋友手肘到指尖的長度。他觀察到，使用大拇指黏口香糖的人數遠低於使用其他手指的人。他還注意到，以左手黏口香糖的人，使用大拇指的可能性大約是右手使用者的兩倍。

日光燈的亮度不大夠，沒辦法產生強烈的明暗對比，不過傑克還是在一些口香糖膠上看到清楚的指紋。傑克想：「我真好奇奧克比先生知不知道這件事。」

結束圖書室長達一小時的工作之後，傑克已經有辦法發表長長的學術演說：

題目：非常「黏」代

演說者：咀嚼學系主任　傑克·藍金教授

他趕忙回到空盪盪的工作室，把工具放回器材櫃。接著一個想法浮現在他腦海。

他拿出另一個塑膠桶，把今天刮下來的口香糖膠全部倒進去。根據他的估計，那些口香糖膠大約有兩公升，而且只要是你想像得出來的顏色，那裡應有盡有。他咧嘴一笑，把桶子放在角落，也許累積個四、五公升就可以用來做些什麼。至少……很有趣，有一種令人發毛、而且噁心的黑色趣味。

傑克迅速展開行動，希望趕在任何人出現之前先行開溜。他從背包拿出一張紙，很快的寫了紙條。

親愛的老爸：

我沒搭上校車，能不能搭你的便車回家？我先找個安靜的地方寫作業，大約五點鐘回到這裡，好嗎？

傑克

他把紙條放在爸爸的桌上，用釘書機壓好，然後點亮檯燈，確保他爸爸一眼就能看見。

他抓起外套和背包走向樓梯。還有將近一個半小時可用。

鐘樓正在等著他。

13 居高臨下

一所沒有人的學校可能會很嚇人，尤其是一棟具有七十五年歷史的老建築，更讓人難以甩掉這種感覺。

傑克靜靜爬上東邊的樓梯，每一根神經都繃得很緊。走到二樓的樓梯間前，他停了下來，聽見阿尼正在轉角撢灰塵的聲音。傑克屏住呼吸等著，直到阿尼沉重的腳步聲走遠，他才跟著轉過轉角，繼續往上爬。

鋪在階梯上的厚石板，已經被千千萬萬無數次的踩踏磨平。但傑克的腳步很輕，才幾乎觸地就繼續往上、再往上。

四樓是這道樓梯的終點，也是他爸爸修理廁所的樓層。他有可能還在附近。

傑克以前只來過四樓一、兩次，今年更是從沒上來過。因為除了體育課和音樂課之外，五年級的教室全都在二樓。

鐘樓聳立在這棟建築的中央，所以傑克往右轉，沿著走廊緩緩前進，途中越過了另一條往南通向學校後方的走道。

當他抵達建築正中央，本來以為會出現的門卻完全不見蹤影。傑克沮喪的停下來想一想。

突然，靈光乍現。學校前方這條長走廊的兩頭，各有一條南北向的走道可通往學校後方，鐘樓的門很可能位在那兩條走道上。但問題是，如果他爸爸還在附近工作，會在哪一條走道呢？一個巨大的「匡噹」聲從他右方傳來，回答了他的問題。於是傑克往回走，一分鐘前才經過的走道出現了，他右轉進去。

走道左側是教室和置物櫃，傑克專心看著走道右側。置物櫃、三間教室、女廁，然後……一扇門出現了。

門上沒有任何號碼或標示。

傑克把手伸進褲子正面的口袋，掏出一支鑰匙。

號碼是七三，不對。

他再度把手伸進去，掏出編號五〇一的鑰匙，然後插入鑰匙孔內。他屏住呼吸，用力一轉，鑰匙跟著轉動。

成功了！

門上的鉸鏈嘎吱作響，傑克停下動作，試著慢慢把門推開，但是門響得更大聲了。傑克放大膽子用力一推，人已經進到門內，只希望聲音不會傳得太遠，別讓他爸爸聽見。他拔出鑰匙，扭緊門把，然後把門帶上，免得安全栓發出喀答的關門聲。

一片漆黑。

迎面撲來一股霉味，把他團團圍住。

傑克在牆上摸索，找到電燈開關，往上一扳。亮起的並不是明亮的日光燈，而是一盞赤裸的燈泡發出昏黃的光芒。

他正站在一個狹窄的通道上，右側牆邊堆滿了各種物品，讓通道顯得更狹小。幾疊舊書、一堆破損的椅子、掛在鐵架上褪色的國旗，還有一落撕破的地圖捲軸以及五、六顆蒙塵的地球儀。層板歪斜的書架堆了三層那麼高。

這裡是教育的墳場。

傑克小心翼翼的往前走，避免背包撞上任何東西。經過書架之後，出現了另一扇門，這扇門的門把上並沒有鑰匙孔。

傑克的心撲通跳著，他扭動門把，推開門。朦朧的日光從上方灑落下來，離他前方三、四公尺遠的地方出現了通往鐘樓的階梯。走上階梯後，他抬頭一看，發現上面還有五段或六段階梯。

第一個轉角平台旁邊有一扇小窗，不過玻璃灰濛濛的，幾乎無法透視。第二個樓梯間的玻璃窗狀況更糟。

不過走上第三個平台時，傑克不禁深吸一口氣。這裡的窗口位在鐘樓的前側，面向北方，可眺望學校正前方的草坪。這扇窗乾淨多了，漢庭頓小鎮有一部分在他眼前鋪展開來。

平台上放著一張老舊的木椅，不知道是誰搬來的。木椅原來的橫檔壞了，但已經被漂亮的接合起來，並纏了幾圈鐵絲牢牢固定。傑克把木椅拖到窗邊，站上椅子，從上方的玻璃窗往外眺望。

他伸長脖子望向西北方，找到藍道街與鐵路交叉的地方，然後從鐵路往北數六條街，就是他家所在的街道——青木街。樹葉已經落盡，幾乎沒有遮蔽。他從角落開始一間一間數著紅磚屋，感覺看到了自家的屋頂。

明朗的十月天，空氣清澈而冰冷。美國西北方的平坦大地不斷往遠方延伸，裝點著湖泊和池塘。北方最遠處的地平線上，隱隱約約看得見明尼亞波利斯市的天際線。

傑克繼續往上爬，第四和第五個轉角平台上也有窗戶，不過傑克想到最高的地方。他想爬上頂峰。

到了第六個平台時，傑克不得不蹲低身體，因為平台上方的水泥天花板只有一百多公分高。天花板上有個鐵門。

他把背包卸下肩頭，放在地上，然後伸手轉動鐵門的把手，再用肩膀一頂。可以站直身體了。

四、五十隻鴿子突然展翅起飛的聲音，把傑克嚇得縮回門口。然後他猜出聲音的來源，於是很快重新站直身體，這才發現自己的頭和肩膀已經伸出鐘樓平台的地板。

明亮的陽光照得他睜不開眼睛，空氣新鮮而冷冽。他伸手抓起背包，把它往上一甩，自己跟著爬到鐘樓的平台上。這個平台四四方方，每一邊大約有三、四公尺寬，各自裝飾著兩個圓拱。圓拱與圓拱之間豎立著一根圓形石柱，所有開口都架設著鐵絲網，防止鴿子飛進來。看起來成效不錯。

平台中央豎著兩根工字型的梁柱，從水泥地板往上突出大約兩公尺高。兩柱之間拴著一根橫梁，上頭垂掛著三個銅鐘，每個銅鐘中間都有個鐘錘，鐘外裝設了某種黑色的金屬盒，幾乎是貼著鐘的外緣，可能是某種電動的敲鈴裝置。

最大的鐘大約有六十公分寬，最小的大約只有三十公分。傑克有股衝動，很想抓住那個大鐘的鐘錘讓它搖擺，但他壓抑住了。

傑克縮在平台中央的大鐘底下，一部分是避免有人剛好抬頭看見他，但還有很大一部分是因為不想感覺自己會掉下去摔死。鐘樓的視野壯觀而迷人，是真正的全視野。朝西望去是小鎮中心，看得見公共圖書館的青銅屋頂，再遠一點的地方則有鎮公所的金色老鷹造型風標，高高聳立在樹梢之上。

傑克緩緩轉身，尋找自己認識的地方，就像在閱讀有關自己人生的繪本。他家旁邊那個公園裡高高的鞦韆；他的小學；路德教派的善良牧羊人教堂；外婆家；議會銀行——他的錢都存在那裡，將近三百美元。往南大約七、八百公尺處，可以看到新中學裡已經搭了一半的鐵架和磚牆。往西則是新高中的體育館，紅色的屋頂在午後的陽光下閃閃發亮。

都在那裡，他的過去、現在和未來。

這種感覺很不錯。

直到他再一次看到外婆的房子。然後他想：「媽媽在這裡住了一輩子，爸爸也是；這裡是他的小鎮，他在這裡長大。如果我長大之後和他一樣，那該怎麼辦？」

傑克大聲說：「我**不會**和他一樣！」他被自己聲音裡暴烈的情緒嚇了一跳。另一群鴿子從鐘樓屋頂上起飛。

他拿出一枝筆，把筆記本翻到空白的一頁，開始在上面書寫：

我和我爸不同的地方：

我喜歡讓自己的房間保持髒亂。

我長大之後，不會繼續住在漢庭頓。

我不喜歡清理東西。

我讀的書比較多。

我要上大學。

我很會用電腦。

我喜歡吵鬧的音樂。

一條條的項目填滿了紙張。最後，傑克甚至還寫下：「我討厭番茄。」

看著這張清單，傑克感覺好多了。他再次眺望鐘樓下的小鎮，漢庭頓又變回美好安全的模樣。傑克闔上筆記本，然後拿出數學課

本、活頁簿和鉛筆。他拉起夾克的拉鍊、戴上套頭帽，然後靠在銅鐘的支柱上調整角度，取得最好的光線。

他已經找到一個安靜的地方，現在要來寫作業，就像他在紙條上告訴爸爸的一樣。

數學作業很快就寫完了，傑克一向對數學很在行。接著他拿出英文課的讀本《櫥櫃裡的印第安人》。他其實已經讀過了，不過沒關係，只要是喜歡的書，他都會一讀再讀。他原本只想讀到第四章，不過劇情催促他繼續看下去。他完全明白書中主角翁利的感受，還有小熊。

一會兒之後，傑克發現天色已經開始暗下來。他抖抖身體，背部因為一直靠著鐵柱而感覺疼痛。不過閱讀時一點知覺也沒有。

他傾身靠向鐘樓前方的圓柱，沿著主街往前可以看到他的銀行，上面顯示著現在的時間與氣溫。

四點五十三分。如果想要準時回到工作室和爸爸碰頭，只剩下七分鐘了。傑克說他會在五點抵達，就一定得辦到。在過去幾年，他一直保持著不遲到的習慣，不管是上學、排練或交作業，他從來不遲到。

從鐘樓到工作室，一路往下，傑克準時抵達了，甚至還提早一分鐘。

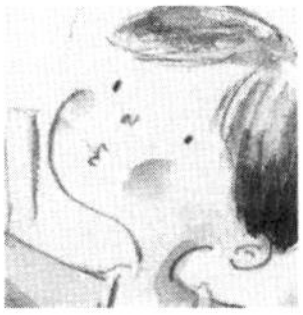

14 回家的路上

約翰・藍金的雪佛蘭小貨車已經稱得上是古董了。這是一九七二年出廠的車子，如果不是因為汽車不斷改款，沒有人猜得到它的年紀。原廠的綠色烤漆依然狀況良好，罩著丹寧布椅套的塑膠皮椅也沒有半點損傷。

這輛古老的綠色雪佛蘭，並不是星期天下午聚集在假日飯店前那種參加越野賽的大腳貨卡車。它是一輛真正的小貨車，是用來工作的車子。它算是一種工具，而約翰・藍金總是把他的工具照顧得無微不至。

傑克爬上車，坐在爸爸身旁。他很清楚接下來的步驟，先踩四下油門，再把風門拉桿拉到答答兩聲，數到十五，轉動鑰匙，然後「呼——」的一聲，引擎就發動了。屢試不爽，不論是寒冬或炎夏。

時間已經很晚，天色幾乎暗了。傑克心裡暗自慶幸，因為他不希望同學看見自己坐在爸爸車上。他想著：「又找到一個不同的地方了。我從來不想要小貨車，我老爸卻永遠開著這輛車。」

雪佛蘭輕快的從校園後方停車場開上夏日街。他爸爸問：「圖書室的狀況怎麼樣？」

傑克說：「還不算太糟。」

「嗯。」

他們等著紅燈變綠。約翰．藍金直挺挺的坐著，兩手抓著方向盤，食指隨著方向燈的答答聲輕敲著。

傑克很想知道爸爸對他破壞課桌椅的事有什麼看法？為什麼沒罵他？現在正是最適合聊天的時候……甚至很適合趁機道歉。

紅燈似乎永遠不會變色，車內沉默得讓人不自在，但傑克不知道要說什麼。接著他想起圖書管理員的話。「斯托利太太說，今年暑假搬遷圖書室的工作很辛苦。」他的聲音聽起來太響亮了。

他爸爸點點頭說：「對呀。」然後把排檔桿打入一檔，車子往前開。

傑克發現他們並不是開在回家的路上。車子沒有轉彎沿著藍道街往北走，反而繼續往西開在主街上，之後轉入南方大道。傑克在腦海裡描繪他們現在的位置，回想著剛剛在鐘樓上看到的小鎮。

遇到下一個紅燈時，約翰·藍金清了清喉嚨，試著用平常的語氣說：「是不是有很多同學笑你爸爸是工友？」

這個問題嚇了傑克一跳，可是他沒有表現出來。「沒有，只有一、兩個同學在起鬨，不過他們是混蛋。我沒理他們。」

「那就好。光是想到你可能因為我而被同學嘲笑，就讓人很難受。」他爸爸再度沉默下來。

傑克本來可以打開心防，多說些什麼，但他把話往肚子裡吞。想要彼此聊聊是很簡單的事，但真要開口，可就難多了。

紅燈變綠，前面的車潮散了開來。傑克看著車外的商店展示窗和新車經銷店，他爸爸則繼續專心開著車。現在是漢庭頓的交通尖峰時間，雖然車速不致於真的很緩慢，不過主要的街道每天傍晚都有二、三十分鐘的時間會相當繁忙。

大約又開了兩公里的路後，他爸爸把小貨車停靠在人行道旁熄火。人行道內側是一大片二手車場。「我知道我曾經跟你說過，我爸爸是做汽車生意的。」約翰指了指傑克右手邊的窗外，然後說：「在一九五〇年代，這片地是我爸的。他開了一家店，叫做『誠實的菲爾．藍金』。他到過世之前一直在做生意，那個男人可以把任何東西賣給任何人，而且賺了很多錢。不久之後，這筆錢可以供你和你妹妹上大學。」

講完之後，他爸爸又把雙手放回方向盤上。

傑克看著爸爸。人行道旁前排的二手車上方有一串燈泡，燈光照亮了他爸爸的側臉。約翰的眼睛雖然睜著，卻彷彿沒有在看任何東西。

「我從十二歲開始，每個星期六早上都得幫我爸工作，直到我離家去當兵為止。真的很討厭。一整年，每個星期六我都得洗車，有時放學回家也必須工作，而且幾乎完全沒有零用錢。

「他常常故意把客人帶到我洗車的地方，然後開始遊說客人。一旦生意成交，他就會過來找我，對著我揮舞支票或整疊的鈔票，並且說：『你聽到我怎麼做的嗎？有沒有看到我怎麼讓他逃不出我的手掌心？我希望你有仔細聽，約翰小子，因為有一天這裡會是你的。你好好學，以後就會像在地上撿到錢一樣。』我點點頭，只管繼續洗車，不愛想那件事。」

約翰．藍金暫停下來，似乎在斟酌字句。傑克看得出他在強迫自己把話說出來。爸爸從不曾一口氣對他講這麼多有關自己的事，即使過去他們常划著紅色的老獨木舟，坐在一起釣整天的魚，也不曾如此。

「你知道什麼事最叫我抓狂嗎？」

傑克搖搖頭，但立刻覺得這麼做有點傻，因為他爸爸並沒有在等待回應。記憶把他帶回好多年以前。

「我從來沒有自己的車，整個高中時代連一輛都沒有。幫我弄一輛老車，讓我擁有自己的東西，有一點獨立的空間，對我爸來說是多麼容易的事，但他就是不那麼做。

「高中快畢業那年，有個星期六晚上，我偷走他的辦公室鑰匙，來到這個停車場，開走一輛紅色雪佛蘭科維特跑車。我只是借用一下，一個晚上而已。」

傑克差點停止呼吸。他幾乎毫無意識的把手伸入右側口袋，摸著自己「借來的」那兩支鑰匙。

他爸形容著科維特跑車，嘴角微微勾起一個笑容。「那真是一輛怪獸，我告訴你，光是一檔就能跑到時速八十公里，對我來說真是太強悍了。而且你想不到的是，我竟然在距離這裡兩公里多的地方，把那輛怪獸撞在電話亭上。玻璃纖維做成的車身大概碎成了一百萬片。」

傑克倒抽一口氣。「你是說，你**毀了**一輛科維特跑車？你有受傷嗎？」

「我受到一些撞擊，下巴割破了，不過大體來說沒事。但車子就是另一回事了，甚至連當零件賣都不行。車架撞歪了，引擎室也裂開。這輛二手車的公告價將近六千五百美元，即使在現在仍然是一大筆錢，當時就更是一筆鉅款。」

傑克問：「你爸怎麼說？」

「他當然立刻衝到醫院，卻連慰問我一下都沒有，劈頭就說：『先生，你現在揹一屁股債了。這個暑假你得為我工作，是全職的工作。別管什麼大學計畫了，除非你能夠爬出這個債坑，否則統統忘了吧。』

「嗯，我才不要變成二手車推銷員，就算一個暑假我也不要。我直接告訴他：『你只是一個穿著廉價運動夾克的破爛仲介，一天到晚只會唬爛。』這就是我說的話。我還說我寧可加入軍隊，也不要為他工作。隔天一早，我真的去入伍，就只是為了擺脫他。我不知道哪一件事傷他比較重，是我叫他破爛仲介，還是我為了逃離他而入伍。」

故事似乎說完了，但傑克隱約覺得爸爸還有話要說。他等著，然後他爸爸再度開口，聲音變小了些。

「你大概兩歲大時，你爺爺去世了。守靈那天，有一個人跑來找我，他說：『你爸爸有天下午給了我一輛車，要我絕對不能告訴任何人。那時候我剛找到第一份工作，有長達三年時間都是靠那輛車上下班。你爸爸真是條漢子。』我覺得那個人瘋了，他講的一定是別人。

「但隔天舉行喪禮時，又有三個人跑來跟我說幾乎同樣的事。

「嗯，你媽和我後來查看了我爸所有的文件，才確定他每年都會送出一、兩輛車子，所以那些年總共送出三十輛左右。那可是一大筆錢。我的意思是，雖然那些車並不是什麼好貨色，而且誠實的老菲爾知道怎麼利用這件事減稅，但那仍是一大筆錢。我們還找到一個盒子，裡面有許多受惠的人寫來的信。那盒子就像是我爸從沒讓我看過的那一面。我心想：『如果他願意把那些車子送給陌生人，為什麼不給我一輛呢？』很久之後，我才明白他的道理。」

傑克問：「是因為小氣嗎？」

約翰．藍金搖搖頭。「如果是因為小氣，那他根本不會送掉那些車子。不是的，我認為他只是希望我知道，自己必須找到自己的道路。他很愛我，不想把我寵壞。」

傑克目不轉睛的看著爸爸述說往事，就好像在看一種立體圖，只要一直盯著圖片看，就會有畫面突然浮現出來。他覺得自己快要看到某種新的圖樣了。

傑克和爸爸靜靜坐著，車流不斷從窗邊呼嘯而過。有幾對情侶或夫妻正在停車場瀏覽二手車，銷售人員像老鷹般在場內盤旋。

車潮突然慢了下來，緩緩爬行。一輛巨大的藍色奧斯摩比車經過他們的小貨車，車內的駕駛這時正好按響喇叭，把傑克和約翰嚇得從坐椅上彈起來。他們緊張的笑出聲音。

約翰把排檔桿打入空檔，啟動引擎。引擎點燃的同時，他轉身看著傑克。「所以，有件事讓你知道一下鐵定是好的。我並沒有希望你變成工友，小傑。我的人生是我的，你的是你的。我只是很高興我們有機會在一起生活幾年，就這樣。」

他一邊檢查後照鏡，一邊說：「好了，我們最好快點回家，要不然你媽要打電話去醫院了。」

約翰．藍金用一檔啟動綠色小貨車，車子顛簸了幾下，然後滑入南方大道的車潮中。

他在下一個路口右轉，沿著橡樹街駛向北方。

在回家的短短路程中，傑克明白了兩件事。

他對他老爸所知不多，幾乎可以說是完全不了解。

另外，他確定自己想要知道更多。

15 發現

自從傑克開始拖著口香糖清除工具在校園裡四處掃盪之後，他才明白這所高中有多麼大，就好比他過去的小學變成了四所，然後把這四所學校一層層疊起來。四倍大的樓板面積，四倍多的教室、垃圾筒和削鉛筆機，四倍的電燈、開關和暖氣設備，四倍的廁所和水槽，更別說體育館和置物櫃了，還有工藝教室及其他的一切。

而這一切，全部能夠運轉。這所學校擁有超過七十五年的歷史，但每天都能順利運作。傑克試著想像身為一名管理者，要負責讓這整個地方保持運作會是什麼樣的感覺。不過他立刻就放棄了，光是用想的就已經覺得壓力太大。

傑克又花了兩天，才終於把圖書室的口香糖清除完畢。最後四張桌子的狀況最糟。當他終於連所有椅子都清理完畢，塞在器材櫃裡那個容量超過十公升的塑膠桶已經幾乎被口香糖膠填滿了。那一整桶的重量大約九公斤，飄散著各種口香糖集合起來的怪味，聞起來相當噁心。傑克找了一塊布蓋住裝口香糖的桶子，免得器材櫃臭氣沖天。

看著那桶戰利品，傑克心想：「不知道我是不是創造了一項金氏世界紀錄？在四小時內從學校財物上去除掉最多的口香糖！」

傑克原本希望星期三和星期四也能在學校多留一會兒，就像星期二那樣。他發現自己其實是想再搭爸爸的便車回家。平常在家裡似乎總是找不到機會和爸爸聊天，因為他常常很累，要不然就是和媽媽在一起，然後還有露易絲那個全世界最煩的討厭鬼。如果能再一次搭爸爸的便車回家，應該不錯。

關於爸爸星期二說的往事，傑克想了很多，現在他有一百萬個問題想問，尤其是越戰和軍隊的事。他也想進一步了解他爺爺——誠實的菲爾；還有他爸媽是怎麼認識和結婚的。有一大堆問題。

另外還有一個原因，也讓他想留晚一點。他想利用清除口香糖之後的時間去尋找編號七三那支鑰匙的門。他已經四處觀察過，到各種奇怪的地方查看每一扇門，但他相當確定，除非真的仔細巡邏一次，否則不可能找到蒸汽隧道的入口。

但不管他有多麼想留下來，星期三和四他都得立刻回家，因為有太多功課要做。社會課規定要研究美國最初的十三個殖民地，然後寫成一篇長報告；另外他還得準備《櫥櫃裡的印第安人》的口頭報告。這兩項作業最晚都得在星期一完成，是邪惡的老師用來累死他的另一項陰謀。

有時傑克真希望自己可以臨時抱佛腳，但他這個人顯然天生無法如此。只要有作業指派下來，他就會開始準備，然後持續進行到最後完成。他就是忍不住，就是必須準時把工作完成、準時赴約。

所以星期三和四，傑克一結束口香糖清除工作，立刻搭乘末班校車回家。

星期五一早，微雪飄落在漢庭頓小鎮。傑克在晨間新聞聽到一位女士報導說，明尼亞波利斯市在一夜之間累積了七、八公分深的雪，看起來會有個下雪的秋天和冬天，好像這對明尼蘇達州來說是個新聞似的。

傑克喜歡雪，下得愈多愈好。不過當他走入老高中，卻注意到積雪、灑鹽和沙土對地面造成的影響。

傑克立刻想起他爸爸。

他想，老爸大概很討厭見到這場初雪吧。明尼蘇達州又長又冷的冬天對他來說，想必代表許多額外的工作。

星期五有數學課，鐘聲響起時，蘭伯特老師還沒出現在教室。傑克真希望她在。科克·朵夫曼後來沒再開他低級玩笑，但只是因為找不到機會罷了。科克和路克不敢在走廊上造次，是因為他們害怕彼得會對他們做什麼。除此之外，傑克只有在數學課才會見到他們，不過蘭伯特老師對惹麻煩的同學管得很嚴。

科克的座位被換到與傑克相隔兩排的地方。距離有幫助，問題是還有路克．卡尼斯，他坐在他們兩人之間。

確認科克正朝著自己這邊看之後，路克從嘴裡吐出嚼過的粉紅色口香糖，用誇張的手勢把口香糖黏在桌子底下，然後說：「嘿，科克，你覺得我應該叫老約翰來清掉這個嗎？……或者我們應該請奧克比先生找小傑克來做？」

科克輕輕冷笑一聲說：「有差別嗎？工友看起來統統一樣。」

傑克不理會他們，那兩個白痴，徹底無腦，可憐蟲。這種感覺很奇特，但他連對他們叫囂都沒興趣，更別說是動手打架了。就好像他已經進階到另一個不同的層次，而他們還卡在某個地方，拚命想追上他。但路克還沒完，他似乎覺得今天必須讓科克留下深刻的印象，而且他以為傑克不理他是因為害怕。

錯得離譜。

路克從走道另一邊靠過來，彈了一下傑克的耳朵。「怎麼啦，小傑？你沒聽到嗎？還是你在**驕傲**什麼咧？」

傑克還是沒發脾氣，但這次他做了反應。他飛快的回頭瞄了一眼門口，確認蘭伯特老師還沒出現，接著轉身面對左邊的路克，並且把腳伸到走道上。路克連縮腿都來不及，傑克已經把右腳伸到路克的長腿下面，就在膝蓋後方的位置，然後直接把那條腿往上一頂。完全不用蠻力，只需要一點肌肉而已。

路克把腳縮回去，傑克並沒有阻止他，因為任務已經完成了。路克縮回去的腿直接撞在桌子底下，剛好碰上他自己那塊黏答答的口香糖。

傑克轉身再度面向前方，這時蘭伯特老師剛好走進門口。她從教室後面往前走，一邊說著：「大家安靜。我知道數學課很珍貴，每分每秒你們都不想錯過，所以請你們立刻把作業拿出來。」

接著蘭伯特老師發現，路克正與他新買的麋鹿牌燈芯絨長褲右膝上的一團粉紅色口香糖奮戰。她轉身從辦公桌上的盒子裡抽出一張面紙。「拿去吧，路克，暫時先把口香糖蓋住，免得它黏得到處都是。我告訴過你們，不要帶口香糖進數學教室，對吧？這就是其中一個原因。」

傑克扮起絕對正經的表情說：「嘿，路克，有種東西可以立刻去除口香糖。你有機會可以到工友工作室，我再弄給你看。」

蘭伯特老師笑了笑說：「你人真好，傑克。」

傑克回答：「喔，小事一樁，例行公事而已。」

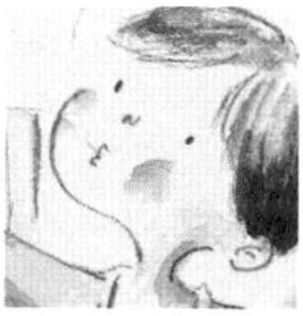

16 簾幕之後

放學後，傑克發現奧克比先生在工作室等他，他嚇了一大跳。一開始他以為是路克去告密，這下子一定又會惹上一堆新麻煩。

奧克比先生說：「哈囉，傑克。我是來告訴你，我檢查過你的工作狀況了。斯托利太太說你表現很好，工作很認真。我很高興聽到這樣的消息。」

傑克點點頭，努力擠出高興的表情。奧克比先生的讚美，有點像是獄卒在讚美你是個表現良好的小囚犯。

奧克比先生又說：「我來這裡也是為了找約翰。我真笨，竟然沒立刻發現你是約翰的兒子。今年為了學校搬遷的事，我們整個暑假都一起工作。學校每次發現問題，他都能想出解決辦法，沒有一次例外。他把這棟建築管理得很好，像這麼大又這麼老的地方不可能自動運作得好，這是一定的。」

傑克不知要如何回應，只好點頭說：「是。」

奧克比先生每次和孩子們講話，常會讓他們感覺不自在，他已經很習慣了，而且那也常是他想要的效果。但他這陣子四處探訪，卻發現傑克．藍金是個很不錯的孩子。他是個好學生，又誠實，而且幾乎不惹麻煩。奧克比先生問到的每一位老師似乎都很驚訝傑克會在音樂教室做那種事。

所以奧克比先生試著採取比較親切的態度重建兩人的關係。他問：「你今天要去哪裡工作？」

傑克說：「我要開始清理禮堂。」然後他心裡加了一句：「這都得感謝你和你的奴役計畫。」

奧克比先生點點頭，眉毛揚了起來。「又是一項巨大的工程。嗯，那我不打擾你了。我還要在這裡多待幾分鐘，看看能不能等到你爸爸。還有，傑克……接下來的週末會連放三天假，所以你今天可以提前在三點結束工作，不必做到三點半，沒有關係。」

「呃……是，謝謝。」相當廉價的禮物，但總比沒有好。

傑克帶著對奧克比先生的新看法，離開了工作室。

那傢伙似乎還滿有人性的嘛！

其實先前已經有人向他預告過，清除禮堂的口香糖是個巨大的工程，所以奧克比先生是第二個這麼說的人。當時傑克把接下來的工作地點告訴盧叔叔，盧叔叔就吹了聲口哨說：「嗯，誰也不能說你爸爸給了你特別待遇，這是一定的。」

可見這會是一項艱難的工作。那又怎樣？愈難愈好。他可是傑克，一個勇者、爬上鐘樓的人，而且還是鑰匙守護者。

他準備好面對戰鬥，然後拉開禮堂正後方的大門。

他的心立刻沉了下去。

站在禮堂後方的他只是個中等身材的男孩，手裡唯一的武器是一個紅色桶子和一把刮刀。

八百七十五個摺疊椅像是帶著無言的抗議瞪著他。

這個地方真大，地板由後往前愈來愈低，直通寬大的舞台。布滿灰塵的金色簾幕拉開三分之二的寬度，後台一片黑暗。

淺綠色的牆壁需要重新粉刷。午後的陽光從東面牆壁上方的窗戶灑進來，光線陰暗，傑克覺得下一場雪很快就會到來。

禮堂裡的座位和劇場一樣排成優雅的扇形，左右各有一條走道，還有一條走道位在正中央。座位上方和椅背覆蓋著咖啡色的合成皮，並以銅製的裝飾圖釘牢牢固定。座位下方襯著木板，幾乎每塊木板都黏了一團團的口香糖，所以顯得凹凸不平。

傑克深深嘆了一口氣，放下桶子，從最後一排的一號座位開始清除口香糖。先前在圖書室裡聽起來很響亮的刮擦聲，現在完全消失在龐大的空間中，彷彿飄散到外太空去了。

傑克漸漸沉入工作的節奏中。他在寬廣的最後一排座位之間移動，一個又一個的完成工作，然後轉個彎，從反方向清回來。一次一個座位，清好之後站起來，用腳把桶子往前一踢，再彎下身開始清除下一個座位。他小心刮除口香糖，努力避免刮傷暗色的夾板，直到徹底清除乾淨才感覺滿意。

清完兩排座位後，天色已經很暗了。傑克有時根本看不清楚口香糖是否已經刮除乾淨，還是得用去膠劑才能完成工作。他把刮刀放進桶內，從中央走道朝舞台往下走。該是把燈打開的時候了。

他兩手一撐，輕鬆跳上舞台，從簾幕後方往右走，木地板在他腳下發出空洞的腳步聲。他在以前的學校曾擔任過一齣戲的燈光小組，所以知道自己要找的東西是什麼。在舞台的某個地方，應該會有標示著「燈光」的開關。他朝著右手邊那面牆走過去。

後台一片凌亂。樂譜架和摺疊椅散落四處，一組塌陷的定音鼓上蓋著大片的硬紙板。硬紙板看起來像是布景，畫在上面的圖案似乎是城牆頂部的大塊岩石。曾經用來吊掛戲服的支架已經傾倒，鐵絲做成的衣架糾纏成團。

傑克的眼睛漸漸適應舞台的黑暗，現在已經看出右側的門邊並沒有電燈開關。於是他向後轉，往左邊沿著舞台後側的牆面前進。

大約走到舞台中間時，不知道是什麼東西絆了傑克一下。他跌在地上，然後拍拍手肘爬了起來，回頭尋找絆倒他的東西。原來是一把長劍的銀色刀刃，若隱若現的從蓋住舞台後牆的黑色簾幕底下伸出來。他彎下腰，把整支劍從簾幕後扯出來，然後站直身體，仔細研究那把劍。

只是個舞台道具，木製的，但製作得很好，還仔細上了漆。這是一把騎士用的劍，劍刃和劍柄較寬，還有長長的握把，可以同時用兩手握住揮動。劍身幾乎有一百二十公分長。

傑克揮著劍，劍身切過空氣，發出令人愉悅的咻咻聲。這把劍握起來感覺很好，傑克把它舉到眼前的高度，然後刺向簾幕，假裝在攻擊邪惡騎士。

簾幕後發出「匡噹」一聲，大概是刺到了盔甲或什麼東西。傑克看到簾幕左方大約兩公尺遠的地方開著一道縫，於是他走過去，一把抓住簾幕，然後往右退回十步。

如他所料，這道簾幕後面果然藏了更多東西。他看到一支用竹竿做成的比武長矛，還有一個用金屬垃圾筒蓋做成的盾牌。這面盾牌用噴漆噴成白色，上面裝飾著一隻戴有金皇冠的紅色獅子。

但這還不是最棒的。傑克覺得最棒的東西既不是騎士，也不是盔甲或劍術，而是一個簡簡單單的東西。

一扇門。

門上只寫了兩個字。

入口。

傑克放下木劍，把手伸進口袋，拿出一支鑰匙。光線已經暗到看不清楚鑰匙上的編號，不過傑克摸得出上面只印了兩個數字，一定是編號七三的鑰匙。

他把鑰匙插入鋸齒狀的鑰匙孔，屏住呼吸一轉。

賓果！

門的鉸鏈在左側，傑克把門大大打開，朝著陰影處探看。他看到門口一進去有個小小的平台，然後是往下的金屬樓梯，大概有九階，也可能更多。裡面非常暗。

平台右側牆上有個電燈開關。傑克往上扳，什麼事都沒發生。

突然，他感覺自己的心跳好快。他要自己先後退，不必急。

既然已經找到這扇門，他大可慢慢來，先把工具準備好再進去探險。沒必要現在就急著進去……進去下面那個地方。

他準備把門關上。

就在門幾乎完全關閉的同時，傑克注意到一件怪事。

在關門的時候，空氣常會從門口流進或流出。這一次，傑克確實感覺到一股氣流從隧道裡撲向他的臉。

這沒什麼好大驚小怪的。

奇怪的並不是氣流本身，而是氣流裡的東西。

那股氣流帶有一種氣味。

很淡，淡到傑克以為是自己的想像，只是那股氣味他熟悉得很……真的是太熟悉了。

那是西瓜口味泡泡糖的氣味。

17 單程車票

傑克再一次仔細嗅著來自蒸汽隧道的空氣，什麼都沒有。但剛剛真的有股很淡的氣味，就在最早流洩出來的氣流當中。傑克認為那是西瓜口味的泡泡糖，嗯，他相當肯定。

輕輕關上門之後，傑克拉起黑色簾幕，再度把門遮起來，然後將木劍塞到看不見的地方。

他放棄尋找禮堂的燈光，匆匆越過舞台，跳到地板上，跑回他留下桶子的地方。他抬頭看時鐘，已經三點四十五分了。奧克比先生說他今天可以早點離開，可是他錯失了機會。也許這項禮物可以延到星期二再用？

傑克靜靜跑過走廊，來到工作室樓梯頂端的門口。他停下腳步傾聽，可能的話，他希望趁著裡面沒人的時候進去借幾樣重要的工具，之後再回去禮堂。

裡面安靜無聲，所以傑克開門奔下樓梯，放好工具後，他繞到爸爸的桌子旁。他敢打賭裡面某處一定會有手電筒，而且他賭贏了。就在右側上方抽屜裡，有一支黑色的美格光牌迷你手電筒，筒身用金黃色的漆印著某家水電器材公司的名稱。傑克旋轉一下手電筒尾端，燈亮了，光線清晰而穩定。好極了。

他把手電筒塞入牛仔褲的後口袋，走到工作檯旁，試想著還需要些什麼。像這樣匆匆忙忙看一眼，一開始很難看出有什麼需要。

但他突然瞄到一捲尼龍線，腦海裡頓時閃過《哈克歷險記》中，湯姆和哈克在洞穴迷路的那一段。傑克抓起尼龍線，塞到背包的外口袋。他拿出自己那頂白色的明尼蘇達維京人隊舊鴨舌帽戴上。

全都準備就緒了。他走上樓梯，但又停了下來。他得留張字條給爸爸。今天是星期五，傑克相信他老爸一定希望能夠在五點整準時離開。

於是他很快跑回桌邊，潦草的留了張字條，再衝回樓梯。這時他差點撞上盧叔叔。

盧叔叔把身體緊貼在牆邊，誇張的演出千鈞一髮的模樣。「哇啊！你這樣匆匆忙忙是要去哪裡？最後一班校車已經開走了啊。你差點把我撞翻。」

傑克說：「對不起，盧叔叔。我要去找個地方寫點功課，也許會去圖書館或別的地方。之後我會回來搭我爸的車回家。我已經留了字條。」

盧叔叔匆忙走下樓梯，從亂七八糟的工作檯上抓起灰色的工具箱。「你爸要我來拿這個工具箱，還說如果你在這裡，能不能趁著等他的時候幫忙清理一下工作檯？有一扇門壞了，他希望能在下班之前修好。」盧叔叔已經走回樓梯平台。「我會跟他說，我已經把話轉告給你了，好嗎？待會兒不確定會不會再見到你，先祝你週末愉快囉，小傑。」

傑克站在樓梯平台上往下看。歷經忙碌的一週後，工作檯變得十分凌亂。以前他來拜訪爸爸的辦公室時，總是很喜歡幫忙把工具重新歸位。「是呀，那時我才六歲。」傑克想著：「先是要我刮掉一萬張椅子上的廢物，現在還得幫他收拾髒亂？我才不要。」

傑克踩著重重的腳步走下樓梯，把剛剛留下的字條揉掉，丟進垃圾筒，然後寫了另一張潦草的字條。

爸：

因為有其他事必須處理，所以沒辦法幫忙整理工作檯。

五點見。

傑克

傑克確認沒有任何人看到他回去禮堂。

他直接走向舞台後面，並且讓牆面的簾幕保持原樣。沒必要告訴大家有人在這裡。他拿出那捲尼龍線，把背包和夾克放在門邊的地板上，轉亮手電筒，然後拿出口袋裡的兩支鑰匙。他選出正確的那支，把門拉開一道縫。

他想再確認一下，自己嗅到的西瓜味是不是幻覺？

傑克聞著氣流，搖搖頭，又聞了一次。

什麼都沒有，至少他分辨不出來有什麼。這裡面的味道聞起來和家裡的地下室差不多，不過沒那麼潮溼。

他走進門口，站在金屬樓梯的平台上，拿著手電筒往下照著樓梯。往下走五階之後，可以接上短短的廊道。廊道看起來將近五公尺長，寬度只有九十公分左右。地板上鋪著水泥，兩側是紅磚牆，空心的那種；天花板也是水泥，應該不到一百八十公分高。廊道盡頭是開放的，沒有門，就只有一個黑黑暗暗的長方形洞口。

傑克希望保持門打開的狀態，可是門板會自動往外翻開。他試著用背包擋住門板，但原本可以把門藏住的絨布簾幕被背包頂出一個隆起。他用手電筒照著四周，想找其他替代品把門卡住。這時他看到了那把木劍。傑克彎身撿起木劍，露出微笑，決定把它帶在身邊。畢竟，大多數偉大的探險家都帶著劍，不是嗎？

他握著木劍走回門內的樓梯平台，然後勇敢的拉上門把。門在他身後關上了。

傑克立刻感到後悔，於是又伸手握住門把，但門把轉不動。傑克打開手電筒，這才明白原因。原來這是一扇兩面上鎖的門，即使身在門內，也需要鑰匙才能開門。

傑克把手伸入口袋，頓時僵住了。裡面只有一支鑰匙，而且就算不用手電筒照著看，他也知道不是這支，這是鐘樓的鑰匙。

他需要的是另一支。

那支鑰匙離他不過只有十幾公分的距離。

但是傑克拿不到。

因為編號七三的鑰匙在門的另一側，插在鑰匙孔上。

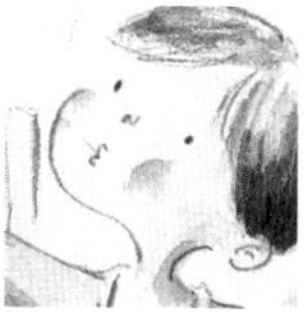

18 地下世界

傑克曾經有過恐慌的經驗。

四歲那年，他和媽媽去明尼亞波利斯市一家大型百貨公司，結果走丟了，迷路半個小時。

那是恐慌。

還有今年暑假去市立游泳池游泳時，他在深水區想要抬頭換氣，卻嗆到一大口水。

那也是恐慌。

但現在，現在的狀況不同。

傑克像是發現一塊新大陸。

恐慌像一座又一座巨大山脈從遠處隆起，伸向黑暗而扭曲的天空；也像一道道狂洩的瀑布、一條條急湧的河流向他撲捲過來，轟的一聲淹沒了所有思緒。他站在樓梯平台上，一手拿著手電筒，一手抓著木劍，眼前是一片從未有人探索過的全新大陸，充滿純粹而令人麻木的恐怖。

心在怦怦跳著。

雙手顫抖。

腦袋迅速運轉。

這是星期五的下午，接下來是三天的週末連假。

學校很快就會沒有人在。

他被困住了。

好冷。

而且沒有人知道他在哪裡。不過傑克可以改變這一點，他可以踢門，可以尖叫、撞門、大聲求助。

他確實這麼做了，而且做了整整兩分鐘。

然後他停下來，覺得耳朵嗡嗡作響，雙手發痛，呼吸困難。

他仔細聆聽著，但什麼都聽不到。

聲音被柔軟的絨布簾幕擋住了，就算有一丁點能傳出舞台外，也會被禮堂那巨大的空間吞沒。

傑克感到完全的孤寂，不過也只有二十秒的時間。

一陣細微的窸窣聲從身後的黑暗中傳來。

他猛然轉身，一條粉紅色的長尾巴出現在手電筒的亮光之中，然後鑽出門下的小縫。

老鼠。

傑克無法克制的顫抖。突然間，手上抓著一把木劍感覺不再那麼傻氣了。

手電筒的光芒開始閃爍了嗎？這支手電筒在他爸爸的抽屜裡放了多久，實在很難說。電池沒辦法撐太久。

接著傑克想起一件事。

也許隧道裡還有其他人，除了他和老鼠之外的人。就是那個喜歡西瓜口味泡泡糖的人。

而且那個人一定知道該怎麼進出隧道。

也許甚至有辦法不驚動任何人，不必和奧克比先生打交道，就能離開這裡。

在剛剛那陣搗門的行動中，維京人隊的帽子從傑克頭上掉了下來。現在他撿起帽子，重新戴上；然後他走下樓梯，走過短短的廊道，再低頭穿越廊道盡頭的洞口進入主隧道。

隧道寬度大約一公尺半，天花板的高度和廊道差不多。只見隧道朝著兩端延伸，消失在光線無法抵達的遠方。在他右手邊的牆上，有一條粗大的管道沿著天花板架設，並且由嵌在天花板的金屬架支撐著。這個長長的鐵圓柱看起來很適合甜瓜藤攀爬。每隔六公尺左右，圓柱上就會出現鐵圈似的接合處，上面拴著六支巨大的螺絲和螺帽。

沿著天花板中間還有一條電線，每隔一段距離就安置了燈泡。有些燈泡已經破損，有些不見了，其他的看起來還好。只是舉目四望，沒有開關的蹤影。

與管道相對的隧道牆上還安裝了其他纜線，有些看起來像電線，有些似乎是電話線。

隧道的地面顯得很平滑，沒有老鼠，這讓傑克鬆了一口氣。在廊道盡頭那個洞口附近的地板上，放著一個舊舊的紙杯和蒙塵的汽水罐，顯然曾經有工人在這裡用餐或休息喝咖啡。地面上累積了厚厚的灰塵，留有一些腳印，老鼠和人類的都有。但是這裡無風無雨，沒有什麼因素會破壞腳印，或許那些腳印是幾十年前留下來的也說不定。

做決定的時候到了：向左走？向右走？

傑克吸吸鼻子，什麼都聞不到。沒有氣流，這很合理，因為門沒有打開。然後他蹲下來，低頭讓鼻子離地只有十幾公分。在接近地面的地方，空氣比較冷，而且似乎有一股氣流從右側飄來。

傑克直覺要朝著氣流來的方向走。但如果氣流是從很多地方飄過來，那該怎麼辦？他做了一個測試。

他向左轉，走五十步，停下，蹲低，再度把臉貼近地面。氣流變弱了，但仍舊來自相同的方向。他轉回右側，走五十步，回到廊道開口附近。他相當確定右側是往西，基本上與主街平行，會通往公立圖書館、警察局和漢庭頓市中心的方向，至少感覺起來是這樣。傑克決定向右走。

選定方向之後，傑克不再猶豫，立刻出發。

一邊走，傑克的心思一邊落入黑暗之中。他想：「就算能遇到人，我怎麼知道對方會不會幫我？……說到底，有什麼人會在這種地方亂逛呢？」

這樣的念頭一起，傑克頓時停下腳步。他想：「如果是怪人怎麼辦？甚至是殺人凶手……或是歌劇魅影裡那種徹底發瘋的怪物，拿著刀……或是斧頭……一跛一跛的走來走去？」

他僵住了，只能聽著自己的心跳在寂靜之中怦怦亂響。但他知道自己沒有選擇，手電筒的光線明顯變暗了，他不想摸黑待在這裡。他必須找到出去的路。

重新抓緊木劍之後，傑克繼續向前。他奮力往前走，每隔三、四分鐘就蹲下去測試氣流的方向，確保自己沒有走錯。快步走了十分鐘後，前方出現一個交叉路口。

愈來愈怪了。

傑克站在路口中間，嗅到一股熟悉的氣味。他知道那不是來自想像，但也不是西瓜口味泡泡糖的氣味，而是一種淡淡的花生醬氣味，錯不了。

然而交叉路口是個問題。他可以繼續往前走，或是轉向其他三條隧道，一條在右，兩條在左。他試著想像自己的所在位置。他是不是走了大約四條街的距離，已經到圖書館了？或者更遠，已經抵達鎮公所或小型購物區了嗎？他不可能得到答案，況且，他真的想去敲鎮公所或警察局地下室的門嗎？

傑克決定跟著自己的鼻子走。他朝著每條隧道的入口嗅聞著，花生醬的氣味似乎無所不在。

於是他再一次操作剛剛的五十步測試，先從左邊隧道開始，一條一條來。來來去去走了約十五分鐘後，傑克做出判決。沿著交叉路口出現之前的那條隧道繼續往前走，是唯一帶有氣味的隧道。

傑克坐下來休息幾分鐘。他喘著氣、冒著汗，但坐下來的感覺並不好，因為他的身體很快開始發冷，而且太安靜了，靜到像墓地一樣。傑克不喜歡沉寂中浮現的各種念頭，也不喜歡坐在老鼠爬過的同一片地板上。於是他起身，繼續前進。

大約又過了十分鐘之後，傑克已經不需要蹲下身檢查花生醬的氣味。雖然氣味不是很濃，不過比起剛剛那種微弱的氣息，現在簡直像在吃花生三明治。他繼續走，小心不讓木劍敲到隧道的地板。又走了一百步之後，傑克停下腳步仔細傾聽。那是遠方的汽車喇叭聲嗎？自己是不是正在街道底下？他什麼都聽不見，只有小腳偶爾匆匆跑過地面的窸窣聲。他決定停個幾分鐘，並且關掉手電筒的燈光好節省電池的電力。

地底下的黑暗很不一樣，黑得很徹底。沒有街燈，沒有星光，沒有月亮，沒有雲可以反射任何光線，傑克知道。他看過生活在洞穴裡的動物照片，有些會漸漸演化到眼睛完全消失。

在毫無光線的狀況下，人的瞳孔會放大到極限，使得帶有顏色的虹膜幾乎消失。眼睛渴望見到光線，但缺少了「光」這個必要元素，就絕對看不見任何東西。

傑克閉上眼睛，倚靠在巨大管道對面的牆上。他希望眼睛能忘掉手電筒的明亮，希望體驗一下徹底的黑暗，屬於洞穴的黑暗。再度睜開眼睛時，傑克得用力眨一眨，才能確定眼睛真的張開了。他舉起手碰碰自己的鼻子，然後把手舉到眼前幾公分的地方揮動。什麼都看不見。他張著眼，想像自己把眼睛撐到像橘子那麼大。還是什麼都看不見。

他摸著牆一推，讓自己站在隧道中間，然後張著大眼，伸開雙臂慢慢轉一圈。這時，一件怪事發生了。他轉身時，發現有一個暗色小長方形似乎懸掛在半空中，那個長方形很暗，卻不像其他東西那麼暗。他一轉動身體，那個小東西也跟著從眼前一掃而過。

傑克繼續轉，直到那個暗色的長方形出現在他正前方。他一停下動作，那個長方形也跟著停下。

只有一個可能，是光。那個小長方形是隧道的形狀，就在他剛剛一路前進的方向上。在遙遠的前方有光，有花生醬，那還會是什麼呢？

傑克轉亮手電筒，快速而安靜的往前走。

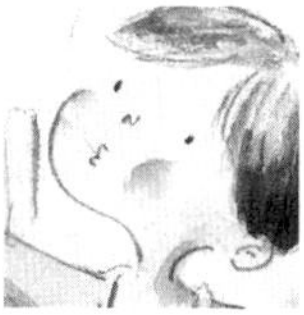

19 走入光亮

傑克安靜的走著，每走一百步左右就關上手電筒。前方的光線愈來愈亮了。

突然，他遇上一個丁字路口，這時他才終於明白這個地方為什麼叫做蒸汽隧道。

巨大的鐵管不斷冒出熱氣，並且發出微弱的嘶嘶聲。從剛剛的隧道一路延伸過來的管道，在這裡與新隧道的鐵管相接。管道接合的地方有個排氣閥，上面安裝著巨大的圓形把手。熱水規律的從排氣閥滴落，在地上形成一灘水窪。

現在不必再玩猜謎遊戲了，光線明顯從左側照進來。隧道的牆面反射的光線已經足夠明亮，於是傑克關掉手電筒，讓眼睛適應昏暗的光線。

每走二十步，光線就愈明亮。往左轉過一個四十五度角之後，傑克停下腳步。

這裡是兩條隧道交會的地方，就好像圈叉遊戲的井字一樣，四條廊道交會的中央形成一個方塊。傑克右方的廊道上，有一座老冰箱靠牆立在蒸汽管道的下方。冰箱旁的牆面固定著幾個鉤子，上面掛著一件海軍藍羊毛大衣、一條灰色圍巾，還有一個綠色背包。

傑克正前方廊道的左牆邊放著一張摺疊式軍用帆布床，床的一端擺著摺疊整齊的橄欖綠毛毯，上方壓著一個枕頭。帆布床對面的牆邊擺了一個低矮的木製書櫃。一隻黑白大貓站在書櫃上，張著綠色大眼睛看著傑克，像是一座尾巴會抽動的雕像。

中央的方形空間鋪了一張暗綠色地毯，地毯上擺了一張牌桌和一把摺疊鐵椅。桌上有鉛筆和報紙，報上的填字遊戲只完成一半，另外還擺著紙盤、塑膠刀具和一罐打開的顆粒花生醬。

傑克左方的廊道裡，立著一盞高高的落地燈，燈罩裝飾著加穗的邊條。落地燈旁則是一張老舊的搖椅。燈亮著，搖椅上有個人，是一位身穿黑色牛仔褲和紮染T恤的少年。那人的大腿上攤開一本書，他正把一綹金色長髮從眼前撥開。他抬頭看著傑克，彷彿這是全天下最自然不過的事。他好奇的盯著傑克手上的劍。

「這把劍不錯。我在這裡聽你前進的聲音聽了半小時。你似乎走了很遠的路才到這裡。剛剛是你在大吼大叫嗎？」

傑克點點頭。「我把自己鎖在……我嚇到了。」他指一指花生醬說：「然後我跟著鼻子走。」傑克又靠近看了一下，猜測對方大概十七或十八歲。他問：「你**住**在這裡嗎？」

那個少年搖搖頭。「沒。只是在這裡待一陣子。」

傑克看看四周。「這些東西是哪來的？是你帶過來的嗎？」

「不是。我猜應該已經在這裡很久了。冰箱旁的牆上有個訪客清單，可以追溯到很久以前。相當詭異。」

傑克還在試著接受這一切。「可是……我是說，像那個冰箱、電力，以及……所有的一切，這就像一間小公寓。」

那位少年咧嘴一笑，以一種友善又諷刺的口吻說：「正是。事實上，它就像一間小公寓。我想你已經懂了。你剛剛說的這句話，已經徹底形容了這個地方。」

傑克不大懂對方話裡的諷刺意味。「那……老鼠呢？」

少年把頭往貓的方向一扭。「那是凱撒的工作。牠本來就住在這裡。」

「所以……有人**准許**你住在這裡嗎？」傑克問。

少年聳聳肩。「准許？我不知道，也不在乎。我只知道除非我爸冷靜下來，或者認真的找人協助他，否則我晚上就要住在這裡。我的意思是，這裡雖然有點可怕，而且沒有收音機，不過比起我現在的家要安全許多。況且約翰說我可以使用這個地方。所以，沒錯，我想我有得到准許。」

傑克懂了，立刻就懂了。

但為了確認，他還是問了一下。「**約翰**說你可以使用這個地方？是哪個約翰？」

「工友約翰，在老高中工作的那位。他認識我爸，去年他跟我說，如果我需要幫忙可以找他。大約一星期前，我真的需要幫忙，所以告訴了他。於是我就來這裡了。」

「你是在去年和約翰談話的？」

那位少年點點頭。「我有些朋友說他是好人，所以我也去試試看。有一天下午我被留校察看，於是開始和他閒聊，你知道的。他正在房間裡修東西，修電燈開關之類的。和他聊天很輕鬆，一開始好像是我問他在做什麼，他並沒有嫌我麻煩，反而教我一些東西，讓我看電路怎麼運作，從頭到尾。我對那種東西很有興趣，他應該有感覺到，所以一直教我。然後他問我叫什麼名字，我說：『我叫艾迪·沃森。』就在那時候，他跟我說如果需要幫忙就去找他。原來他知道我爸是VFW的人。」

傑克搖搖頭，聽不懂那是什麼。「ＶＦＷ？」

艾迪說：「市中心那家餐廳附近有一間小小的白色房子，你看過它的招牌嗎？就是海外作戰退伍軍人協會（Veterans of Foreign Wars），簡稱ＶＦＷ，是給那些打過仗的軍人聚會用的地方，讓他們可以幫助彼此、聊聊天、交換問題。戰爭毀了很多人的生活，像我爸就是。他以前是國民兵，參加過沙漠風暴，那是波斯灣戰爭對吧？」

傑克點點頭。

「總之，約翰就是這樣認識我爸的，所以我才會來這裡。」艾迪顯然已經完成他的社交活動。他站起身來說：「你想離開這裡，是嗎？」

傑克點點頭。「沒錯。我們現在在哪裡？」

艾迪說：「離消防局大約一條街的地方。你是怎麼進到隧道裡的？找到什麼打開的門嗎？」

傑克說：「大概就是那樣，是在我的學校。」

「你也是在那裡找到這把劍的嗎？」

傑克點點頭。

艾迪也點點頭說：「酷斃了。」

傑克指著冰箱旁一角的牆壁，往前靠近兩步，然後彎下身來看著。「你在訪客單上簽名了嗎？」

「當然，」艾迪說：「我現在是漢庭頓歷史的一部分了。」

傑克瀏覽著牆上的清單，並且扭開手電筒，好看清楚那些名字。在一面平滑的白色水泥牆上，有鉛筆和簽字筆留下的字跡，其中甚至有一、兩個是用蠟筆簽的。那裡有十幾個名字，可一路追溯到一九七〇年代。然後他再看一次，牆上的第一個名字竟然是「盧．卡斯威爾」，留於一九七三年。

傑克想把每個名字都看清楚，但艾迪已經失去耐心。「想從這裡出去，最好的地方就是我的出入口。約翰在消防局有個朋友，他給了我一支鑰匙可以用來打開消防局地下室走廊的門，我都是從那裡進出。蒸汽就是從那裡來的，消防局有一個大鍋爐，現在仍然可以提供暖氣給圖書館和鎮公所，也能讓我暖烘烘的。我們走吧！」

傑克幾乎得小跑步才能跟上艾迪大大的步伐。一離開剛剛的生活區，光線就消失了，但艾迪沒有慢下來，也沒有使用手電筒。傑克心想：「也許艾迪正在演化，有一天他可能會完全沒有眼睛。」

不到五分鐘，他們已經來到牆邊的一個開口。艾迪說：「到了。」他低頭穿過開口，打開前方門邊的開關，短短的廊道裡亮起一盞昏黃的燈泡。

艾迪在門邊側耳傾聽。人聲從門的另一側傳了過來，愈來愈大聲，然後漸漸消失。艾迪拿出一支鑰匙，插進鎖孔，但他舉起一隻手來，悄聲說著：「再等一分鐘。如果有任何人看見你，你就告訴他們是從後門進來借用廁所的。你沿著走廊走，向左轉，就會看到後門。」

過了安靜的半分鐘之後，艾迪問：「你幾年級？」

傑克回答：「五年級。」

「所以今年是在老高中上學，對吧？」

傑克點點頭。

「如果遇到約翰，請代我向他問好，可以嗎？」

傑克說：「我會告訴他的。」

「聽著，約翰是個值得認識的好人，如果你遇上什麼麻煩……我是說，大麻煩之類的，就應該認識他一下。」

傑克說：「好，我會的。」

走廊聽起來很安靜，所以艾迪把門打開一道縫。

傑克說：「艾迪，這把劍留給你好嗎？我想我最好不要帶著它在市區裡晃。」

艾迪接過了木劍，很欣賞的掂一掂它的重量，然後點點頭說：

「酷！」

傑克又說：「嘿……艾迪，你身上有口香糖嗎？」

艾迪把手伸進口袋。「有呀。」

「是什麼口味的？」傑克問。

艾迪拿出一包已經打開的口香糖。「西瓜口味。要來一片嗎？」

傑克笑了，然後說：「不了，謝謝。」

艾迪把門打開，說：「再見了，小兄弟。」

傑克走出門口。「再見了，艾迪。謝謝你。」

然後艾迪把門關上。

20 二加二

走出蒸汽隧道的門後，明亮而發藍的燈光刺得傑克不停眨眼。消防局地下室的走廊空無一人，所以他跟著出口的標誌，走向右手邊的樓梯。

三十秒之後，傑克已經來到楓樹街與威廉斯街的轉角，雪花不斷從空中飄落。這時傑克突然想到自己一定遲到了。他告訴爸爸會在五點鐘回到工作室，但他看向一旁便利商店的窗內，裡面的時鐘顯示現在時間是五點四十五分。

他本能的開始跑了起來，沿著威廉斯街奔向北方的主街，人行道上的積雪讓他滑了一跤。在雪中奔跑顯然不大聰明，還好沒受傷。傑克拍掉身上的雪花，用最快的腳步前進。

他知道老爸一定很擔心，甚至可能離開了學校，而學校也可能已經上了鎖。他應該進去店裡試著打電話到學校或家裡嗎？他希望爸爸不要太生氣，或再次對他感到失望，那就更糟了。傑克努力加快腳步，一路滑滑溜溜的往學校走。

抵達主街之後，他往東邊轉，這下子變成逆風前進。以明尼蘇達州的標準來說，這樣的天氣不算真的很冷，但風卻鑽進他的長袖運動衫。他低著頭，維京人隊的鴨舌帽帽簷提供了一些遮蔽，讓雪花不至於吹到他的臉。只有在走到人行道邊緣時，他才需要抬頭看一下兩方來車。

經過圖書館後，傑克加快腳步。市中心人行道已經鋪上沙子，比較沒有滑倒的危險。他還剩下四條街的距離。

他抬起頭，從帽簷下往外看。在飄雪間，有某個東西吸引了他的視線，就在下一個街口，藍道街。

一輛車正閃著燈號停在暫停標誌後面。

但那不是一般轎車，而是一輛小貨車，綠色的小貨車。

約翰・藍金閃了一下大燈，傑克朝他揮揮手。傑克想慢下來，再走三十步就可以抵達車子那邊。「快點想，想，想！」要怎麼交待呢？沒有外套，沒有背包，一個人走在市中心的飄雪中。

傑克想著：「我可以說我把東西留在圖書館了。因為讀書讀得太入迷，然後發現時間到了就衝出來。」謊言快要把他勒死了，而且，他打從心底知道，這樣做是沒用的。他也知道自己並不想騙他爸爸。

傑克看著卡車的雨刷來回擺動。他站在行人穿越道上，讓一輛灑鹽車先通過，然後跟著過街。

約翰・藍金把窗戶搖下一半。

傑克盡力擺出最佳笑容。「嗨，爸。我……」

他爸打斷他的話，聲音中有說不出的嚴厲。「快進來，別站在雪中，傑克。」

傑克說：「但是我的外套和背包……」

「進來車裡，傑克。我已經幫你拿來了。」

傑克彷彿聽不懂。「我的外套？……還有我的背包嗎？」

「快進來。」約翰的聲音聽起來既生氣又鬆了一口氣，那是任何父母終於找到失散的孩子時才會發出的聲音。

傑克繞過小貨車的後面，從副駕駛座那一側上車。一關上車門，他爸爸立刻彎身過去把暖氣開大。在市中心老路燈的照明下，傑克看到了自己的外套和背包擺在座位上。他說：「你……你找到它們了。」

他爸說：「沒錯，但可不是你的功勞。你讓我和其他人擔心得要命。」

約翰．藍金停了一下，控制住自己的情緒。「我已經在這裡等了二十分鐘左右。五點十五分的時候，我打電話回家，看看你是不是搭朋友的便車回去了，結果露易絲說你不在家。我只好開始尋找線索。」

傑克十分溫順的說：「尋找線索？」

他爸爸點點頭。「我檢查了器材櫃，發現你已經把工具放回去。接著我聞到一股奇怪的味道，然後發現門後有個桶子，裡面裝了一大堆口香糖膠。」

傑克說：「可是，你怎麼……」

他爸舉起手說：「你先別急，聽我說。我會找到你，是因為我看了那個裝滿口香糖的桶子之後繼續抬頭往上看，發現鑰匙櫃的鎖並沒有扣緊，這時我腦袋裡的線就接上了。」

約翰．藍金停了幾秒，然後說：「你還喜歡鐘樓的風景嗎？」

傑克倒抽一口氣。

他爸爸繼續說：「那天是你去了那裡，對不對？星期二？我覺得自己聽到了聲音。當學生都離開之後，學校裡很安靜。」他又停了一下。「所以，你喜歡那裡的風景嗎？」

傑克點點頭。看得出來，爸爸現在已經沒有很生氣了，於是他說：「我只是想看一看。我從來沒看過整個小鎮的模樣。」

約翰．藍金容許自己露出一點笑容。「讓我驚訝的是，在那麼多鑰匙裡，你竟然選了我最喜歡的兩支。我也上去過鐘樓……不知道多少次了。我有時會上去，坐在那裡思考。」傑克想起第三個樓梯平台上那張椅子。

「另一支鑰匙呢？」傑克問：「你怎麼知道我拿了那一支？」

他爸爸說：「會猜中這支，運氣的成分比較高。意思是，我終究還是找得到，只不過我得先找出所有鑰匙的紀錄，然後清點鑰匙的數量，直到找出少掉的那支鑰匙，但這麼做會花掉一整個晚上。因為隧道的鑰匙在最底下，就在鐘樓旁邊，所以我想，如果我是你，一定會各拿一支。當然，我知道你今天在禮堂工作，所以這個加上那個，就找到答案了。」

「對不起，讓你操心了，爸。」

約翰．藍金清了清喉嚨。「嗯，我看得出來發生了什麼事。你把鑰匙留在門上，就這樣。我帶著燈下到隧道，看到你的腳印，差點就要大聲喊你，而且你也應該聽得見。不過我知道你不會有事。如果有必要找你，我有信心找得到。再說有時候你就是得退後一步，讓事情自己去發展。」

他爸爸沉默下來，然後調低暖氣的風量。風扇安靜下來，雨刷規律的刷刷聲顯得相對清楚。

傑克感覺有點怪異，自己好像變得不一樣了。他想要把所有的事告訴他爸爸，也想要知道更多。傑克說：「爸，我遇到艾迪，艾迪．沃森。我看到了隧道裡的那個地方，是艾迪帶我從消防局的門出來的。」

約翰・藍金微微向前傾，鬆開煞車，然後踩下離合器，把排檔桿打入一檔。車子輕快的滑入車道，沿著主街前進。

然而，他只說了一句：「我們現在最好快點回家。」

21 恆久的是……

主街上車行緩慢。道路巡邏員已經出動，不過氣溫下降得很快，積雪的速度勝過鹽的融雪。

小貨車慢慢駛過圖書館。傑克看向窗外，雪花飛快的落在擋風玻璃上。傑克喜歡在落雪時抬頭望著街燈，千百萬片的雪花飛舞，總是讓他想到狂野的快樂舞蹈。

但現在不是如此。雪花現在看起來紛亂而無序，一片片在空中碰撞、墜落，這場雪下得激烈而混亂。

他說錯了什麼嗎？雖然他爸爸坐在不到一公尺外的座位上，感覺卻像是關在遙遠的房間裡。傑克覺得好像有一扇門當著他的面被關上了。

「爸，我不是故意的……我是說，關於隧道……我不會告訴任何人的。」

約翰．藍金轉頭看著他，笑了。傑克從沒見過那樣的笑容。他爸爸說：「小傑，我知道，我知道你不會告訴任何人。只是，那個地方……嗯，那是另一個故事……但我想你已經夠大，可以知道了……只是當我想著要怎麼跟你說，腦海裡就浮現了好多回憶。」

他爸爸看起來似乎快哭了。

傑克說：「我看見盧叔叔的名字在牆上。上面寫著『盧．卡斯威爾，一九七三年』。盧叔叔真的在那裡待過嗎？」

約翰．藍金大笑，朝著窗外看了一陣子。「你問到事情的核心了，小傑。沒錯，盧有段時間曾經住在那裡。從這裡開始說起還不錯……不過我得先說前面幾年的事。」

傑克知道這句話的意思。一九七三的前幾年，正是他爸爸當兵那段時間。

約翰．藍金說：「那時我在軍隊裡，很辛苦。我的意思是，當兵真的不是什麼簡單的事。感謝上帝，現在還有人願意去做那個工作。那時我在步兵團，是地面作戰單位，曾經出過兩次任務。有幾次的經驗很可怕，不過我活過來了。我祈求上帝，別讓你或其他人再經歷那些事。」

在移動的光影中，傑克看到他爸爸咬著牙根，深呼吸一口氣，再慢慢吐出來。「越戰之後，我回到漢庭頓，狀況很糟。大部分時間我都感到很害怕，而且很容易生病。我在家住了一段時間，但我爸並不知道怎麼幫助我，我媽自己的狀況也不好，根本沒辦法花心思在我身上。

「我過得很不好，大約有一年時間，我住在明尼亞波利斯市郊的榮民醫院，只剩一口氣撐著。

「有一次，我趁著白天回家去看我爸媽，腦海裡突然閃過一個念頭，想回高中去看看我的英文老師。學校放學後，我去她的辦公室找她，但她不在，工友說她搬去聖保羅了。嗯，那位工友開始和我閒聊，原來他待過我去的那個野戰部隊，不過是在韓戰期間。他突然天外飛來一筆，問我能不能晚上過來學校幫忙清掃，他說他真的很需要幫手。直到三年之後，我才知道他是特地放棄加班的工作，只為了讓我重新覺得自己還有用。

「那些晚班工作對我幫助很大。我回到熟悉的地方，這裡的記憶全是美好的，正好符合我的需要。湯姆．波卓，那是他的名字。他大約十二年前退休了。我想讓你知道，湯姆不只是在那天把清潔工作交給我，而且還救了我。」

傑克說：「你貼在衣櫃前的那張照片裡面是不是有盧叔叔？還有你放在最上面抽屜的那把大刀，是你在軍隊裡用的刀嗎？」

約翰．藍金大笑出來。「你應該去做偵探的，可以靠四處打探賺點錢。那把刀當然是我的，包打聽先生，你可別去動它。還有，沒錯，盧是在照片裡。我是在出第二次任務時認識了盧，我們兩個同一組，彼此照顧對方。如果你和同一個人一起巡邏十幾次，你們一定會變得很親近，就像家人一樣。為了以防萬一，我身上帶著一封他寫給家人和女友的信，他身上帶著我寫給我爸媽的信。我們常彼此開玩笑說，是因為不想幫對方傳信才會努力讓彼此活下來。不過我服完兵役離開時，盧還有十二個月的兵役期。

「盧是芝加哥人，他回家之後，過了一陣子突然來找我。他需要工作，也需要找個不會打擾任何人的地方住下來。就是那時候，我在隧道裡設了那個地方。我在消防局有個朋友，他協助我和盧在那裡布置了全套設備，然後我幫盧找到鎮公所的晚間清潔工作。當他工作穩定後，就去租了個房間，但我們把所有的設備都留在隧道裡。幾年後，高中裡有個職缺。這就是盧．卡斯威爾的故事。」

再過三條街就是青木街了，但傑克仍然有好多問題。「其他那些人名呢？」他問：「那個名單很長。其他人也是你的朋友嗎？」

他爸爸點點頭。「有我的朋友、盧的朋友，有時是像艾迪那樣的孩子，他們遇到困境，需要一個安全的地方可以待幾天。很多人知道那個地點，有需要的時候就會有人來聯絡。」

「很多人知道？」傑克問：「如果有人告訴校長或是學校董事會……或是警察，那該怎麼辦？你不覺得這件事有可能違法嗎？」

約翰．藍金笑了。換成是兒子在擔心自己，這種感覺很奇特。

「嗯，我有在注意。據我所知，目前唯一可能讓我受到懲罰的只有借用政府電力這件事，不過我從一開始就裝了電錶，而且從一九七三年十月開始，每個月我都會用現金捐款，把這筆電費捐給一年一度的退伍軍人節遊行基金。我仔細保留了所有紀錄。如果有人想讓我上法庭，我可是做好了萬全的準備。我想我也能找到一大群證人。」然後他眨了一下眼睛說：「好了，至於你呢？你可能會因為拿了一口袋的鑰匙而被抓進牢裡。不過我們可以找奧克比先生作證，證明你是貨真價實的兼職工友，你覺得呢？」

「而且是超讚的一個，」傑克咧嘴一笑，「和你一樣。」

當小貨車轉進青木街九二〇號積雪的車道時，傑克和爸爸兩人仍在大笑。車庫一旁的籃板上方，螢光燈亮晃晃的照著。當小貨車停下來時，傑克抬頭望著擋風玻璃外的燈光，千百萬片的雪花正在旋轉，跳著狂野的快樂之舞。

海倫・藍金掀開水槽上方的窗簾，從窗戶往外望。她看到兩個男孩跳下小貨車，或者，那是兩個男人？

他們朝向房子走來。約翰・藍金一手拿著傑克的背包，一手搭在兒子肩上好穩住腳步。

他們一邊試著用舌頭接住雪花，一邊大笑，還幾乎滑倒。

海倫看呆了。她的第一個寶寶，她的小傑克，似乎不再那麼的小。他長大了，也變壯了。

而她的丈夫、她最好的朋友、她的約翰，似乎變年輕了，而且不再顯得那麼沉重。

海倫知道眼前這一幕叫做什麼。

不是幻象，不是轉眼即逝的情緒，也不是男孩圈專有的東西。

海倫深深了解自己看到了什麼。

那東西既美妙、又恆久。

那是愛。

帶著滿心的情感，海倫放下窗簾。

她走向房子前半部，朝著二樓呼喊：「露易絲，他們到家囉。快下來吃飯。」

然後她走回廚房，打開後門，迎接傑克和他的爸爸。

國家圖書館出版品預行編目資料

口香糖復仇計 / 安德魯・克萊門斯 (Andrew Clements) 文；陳雅茜譯 . -- 初版 . – 臺北市：遠流 , 2013.09
面； 公分 . – (安德魯・克萊門斯；12)
譯自：The Janitor's Boy
ISBN 978-957-32-7273-1

874.59 102016582

安德魯・克萊門斯 ⑫

口香糖復仇計

The Janitor's Boy

文／安德魯・克萊門斯　譯／陳雅茜　圖／唐唐

執行編輯／林孜懃　編輯協力／陳懿文　內頁設計／丘銳致
行銷企劃／陳佳美　出版一部總編輯暨總監／王明雪

發行人／王榮文
出版發行／遠流出版事業股份有限公司　104005台北市中山北路一段11號13樓
電話：(02)2571-0297　傳真：(02)2571-0197　郵撥：0189456-1
著作權顧問／蕭雄淋律師
輸出印刷／中原造像股份有限公司
□2013年9月1日 初版一刷　□2022年1月20日 初版十二刷

定價／新台幣250元（缺頁或破損的書，請寄回更換）
有著作權 侵害必究　Printed in Taiwan
ISBN 978-957-32-7273-1
遠流博識網 http://www.ylib.com　E-mail:ylib@ylib.com
遠流YA讀報粉絲團 https://www.facebook.com/yaread

The Janitor's Boy
Original English language edition: Copyright © 2000 by Andrew Clements
Published by arrangement with Atheneneum Books For Young Readers,
An imprint of Simon & Schuster Children's Publishing Division
All rights reserved. No part of this book may be reproduced or
transmitted in any form or by any means, electronic or mechanical,
including photocopying, recording or by any information storage
and retrieval system, without permission in writing from the Publisher.

Chinese (complex characters) edition: Copyright © 2013 by Yuan-Liou Publishing Co., Ltd
ALL RIGHTS RESERVED